简的诗

JIAN DE SHI

简 ◎ 著

黑龙江人民出版社

图书在版编目(CIP)数据

简的诗 / 简著. — 哈尔滨:黑龙江人民出版社,2018.8
ISBN 978-7-207-11479-2

Ⅰ.①简… Ⅱ.①简… Ⅲ.①诗集—中国—当代 Ⅳ.①I227

中国版本图书馆 CIP 数据核字(2018)第 193615 号

责任编辑:孙国志　张广博
封面设计:鲲　鹏
责任校对:秋云平

简 的 诗
Jian De Shi
简　著

出版发行	黑龙江人民出版社
地　　址	哈尔滨市南岗区宣庆小区 1 号楼
邮　　编	150008
网　　址	www.longpress.com
电子邮箱	hljrmcbs@yeah.net
印　　刷	北京万博诚印刷有限公司
开　　本	787×1092　1/16
印　　张	23.25
字　　数	100 千字
版　　次	2018 年 8 月第 1 版　2021 年 1 月第 2 次印刷
书　　号	ISBN 978-7-207-11479-2
定　　价	58.00 元

版权所有　侵权必究　　　　　　举报电话:(0451) 82308054
法律顾问:北京市大成律师事务所哈尔滨分所律师赵学利、赵景波

代序:泣血的歌者

处在权力与金钱相互膜拜的蜜月期,被边缘化的文学在喧嚣浮躁的浪潮中尴尬地残喘着生命。古体诗词异彩纷呈的唐宋已远,发轫不过一个世纪的新诗始终步履蹒跚,佳作乏善可陈。特别近年,除央视凭借其权威平台,强势打造的"中国诗词大会"泛起几层古体诗词的涟漪外,诗歌几乎退出了人们的视野。这也难怪,三观的热点变了,权力与金钱主宰的世界,挤压着热情、浪漫、雅趣与淡静难觅生存空间。日子里没了诗意,以意象为特质的诗歌,自然淡出了人们的视野,被冷落到少人问津的角落无奈地蜗居。

平生喜欢诗词,熟读过背诵过很多古体诗词,也读过不少新诗。但毕竟过了诗意年华,在俗世的喧嚣中庸碌苟活,花甲已过,社会角色卸妆辞幕,前路即是古稀耄耋,诗与远方只能属于后生们了。

几年前中秋,一个云遮月的寂静夜晚,偶尔读到简的几首诗,即被其奇特的意象、真纯的内蕴与鲜活灵动的语言所吸摄。循着诗人的蹊径,辟开一路荆棘,绕过峰峦叠嶂,涉过小桥流水,步入农家茅舍——灯光柔,几案洁;书香醉心,茗香沁脾。这是何等简洁温馨、素净淡雅,蓄着词韵、透着诗香的世外桃源!

简的诗描摹物象平实自然,不事雕琢;营造意象曼妙新奇,纵横驰骋;发掘内蕴则异峰突起,含蓄隽永。

  堤上 一小洼积雨/是我含泪的眼睛/堤下 一江浑厚的秋水/是你深沉的思情/借淡淡江雾连接/心与心在此交融　　　　——《雨后》

诗人早期写于雨后松花江畔的这首小诗,借堤上一小洼积雨与堤下一江秋水这两种看似互不搭调的物象,联想到"我"含泪的眼睛与"你"深沉的思情,营造出两心相恋却相隔的意象。诗人笔锋一转,奇思妙想:借淡淡江雾连接,意境全出;心与心在此交融,水到渠成。

简的诗

短短六行，小诗已经颇具意味。然而，诗人绝不会浅尝辄止。下半阕的六行，物象意浑交融，则把诗的意蕴，开掘到人生的层面。细品味，耐咀嚼，给人以余音绕梁的美学享受：

消失了 我随太阳蒸腾/消失了 你把漩涡也压在深水层/人生中只有遥遥的相望吗/明年的春雨/是我经过地狱/融入大江的精灵

再品读简的另一首诗——《月牙儿》：

仰望浩瀚星空，一弯小小的月牙儿显得那么孤寂。浩瀚银河，波浪滔天，隔断两岸情侣。诗人睹物生情，顾影自怜，忽发奇想：

没有螺旋也没有桨/怎能抵住银河的浪？

设问是那么无奈与纠结，牵动读者些许怜意。未及细思，诗人突然话锋一转，铿锵作答：

就是化作漂泊的碎片/也要奋力驶向太阳！

这不是坚贞至爱、不惜粉身碎骨的宣言吗！

忘了计算归期/忘了几时启航/不知风儿何时将白帆鼓起/你满载太阳的金光

为了追求太阳——爱、光明、幸福的意象——忘了归期，忘了启航，什么都可以忘记、可以舍弃。短短几行小诗，跃动着的是烈焰般燃烧着的生命，磁石般执着笃定的追求。

简的诗题材天然，以小搏大；语言平实且清新俏丽，意境清雅且本色从容；联想奇特，婉约间常露雄峻之笔，既有明前龙井的氤氲清香，又含陈年老酒的醇香浓郁。

且读读简的《流星》诗：

开头三句：

许身于苍茫的宇宙/就再不能回头/上帝关闭了所有的窗口

许身宇宙,不能回头,再无退路,怎么办呢?只能反求诸己:

蕴藏着光 孕育着火/蕴含着光年古老的春秋/美丽的弧光/划过期盼的眼眸/谁说你是双子座寂寞的石头?

流星毕竟就是流星,弧光一闪,迸发即意味着毁灭。难道她不清楚自己的命运吗?她为什么自寻毁灭呢?

出征前就面临着毁灭/你被爱燃烧得太久/飞翔在无边的夜色/只为亲近蓝色星球

积聚太久的向往蓝色星球的爱的燃烧,驱动着流星的命运轨迹。诗人托物言志,直抒胸臆——

乘上你闪光的小舟/一览茫茫宇宙/纵然瞬间毁灭/化作流星雨洒落在天的尽头/那该是何等潇洒/毕竟享受一次灵魂的自由

够豪放,够悲壮,够震撼!
再读读简的《腌菜》诗:
腌菜,草根百姓人家再熟悉再平凡不过的事情。把植物的根茎、果实或叶片,经过清洗、腌渍、发酵,做成咸菜或酸菜,佐餐果腹,唇齿留香。无疑,长久的腌渍是痛苦的。在冬季,各种新鲜青菜都没有了,尤其高寒地区,人们只有靠腌菜佐餐。诗人感慨:

原始得不能再原始/简单得不能再简单/当风雪扫清所有绿叶时/你才被端上桌面/陪人们一日三餐/阳光把一切美丽甘甜送回世间/你却躲在坛子里熟睡/一睡就是数月经年

简的诗

够草根,够平实,够淡定……

简的诗取材宽泛,看似信手拈来,却是主旨凝炼集中,通卷浸透一个热烈而沉重的爱字。亲情深,友情浓,爱情真纯而炽热。对大师圣贤的敬意,对英雄豪杰的赞颂,对世间芸芸众生,即或对背山人、补鞋匠、智障儿童,也是充满暖暖爱心与纯纯怜意。

妈妈走时/我的眼睛哭成温泉……只有我相信/不管多少年/妈妈都会回来/也在黎明时分……今夜 就定在今夜吧/我们不会惊动别人/在女儿的温泉里为妈妈擦身/你会亮眸红唇 黑发乌云/吮吸过您的乳汁/今天该妈妈感受/女儿的体温
——《温泉》

眼睛哭成温泉——殇亲之痛;企盼妈妈会回来——思亲之切。今夜,陪妈妈泡温泉,为妈妈擦身,幻想妈妈重返青春,该妈妈感受女儿的体温——恋亲孝亲之情拳拳。世间大爱亲情,借温泉意象蕴蓄升华。

温泉象征恋母至情,而纪念父亲则于窃窃私语中体味人生的无奈与感伤。

简的《母祭》《父祭》二诗,没有嚎啕大恸,却令人黯然碎心:

常在落雪时想你……想你教书的小村子/想你用烛光怎样点亮夜的静谧/想你那双破旧的球鞋/怎样走完十几里雪地/想你背着我/独木桥下水波的涟漪

想你看我接你到街口/你肩上青青的野菜/手里嫩嫩的玉米/你递我那根脆生生的麻花时/你嘴角甜甜的笑意……

只因想你啊 妈妈/就常常想生与死的距离……
——《母祭》

爸爸 你走了/走得如此匆忙/走得如此凄凉……

今晚的心泊在雪野/你的皱纹也刻上我的面庞/不敢打扰你/打扰你的梦乡/怕你用弹痕累累的胸膛/再为我挡一次袭来的风霜
——《父祭》

父亲最后一句话/是叫我名字/母亲最后一句话/是我要回家/生命

就这样轻盈落下……我的亲人走的太远了/二十几年了书信还未曾到达……
　　　　　　　　　　　　　　　　　　　　　　　——《怀亲》

够平淡,够凄清,够婉约……
为背山人塑像——

　　背一座山/喊一座山/攀一座山/踏热一座山/一辈子就跟这山紧紧相连……站起来是树/躺下是船/夜夜的梦/在绿涛里涨圆
　　　　　　　　　　　　　　　　　　　　　　　——《背山者》

为大师咏叹——

　　关上门窗/打开心窗/灵魂燃亮烛光……荒原长出麦浪/严冬鲜花竞放//天才的赤心存放于圣十字架上的石柱/公墓的终年绿色/永远跨越时光
　　　　　　　　　　　　　　　　　　　　　　　——《上帝的肖邦》

　　善良的灵魂辉映泰斗/不朽的文字润泽东西/你在安详的天国/俯视人间的喧嚣/世风的奢靡/却再难发出警世的谶语
　　　　　　　　　　　　　　　　　　　　　　　——《谒托尔斯泰墓》

诗贵美感。意象美,意境美,意蕴美,统摄于诗人营造的诗意迷宫,令人只能在意会中陶醉而流连忘返。而这美感的基座是一个情字。简的诗情浓而醇厚,余韵绵绵——

　　是谁播种了大海/给人类留下一片蔚蓝/是谁用纤纤玉手/揉出这软软沙滩/是谁在遥远的归途/把思念挂上高高的桅杆/是谁把沉沉的哀怨/装满远行的航船/辽阔深邃的大海/你收留了多少梦的孤单……
　　　　　　　　　　　　　　　　　　　　　　　——《海恋》

　　穿过遥远的沙丘/思念覆压着清寒/听见了 我听见了/驼铃声清晰可辨/远远的 你趟着黄沙/从远古走到今天……

简的诗

你是沙漠的精灵/你是苦海的渡船/承载一弯又一弯冷月/重负一囊又一囊辛酸……

不敢触摸你的过去/怕碰翻岁月的伤痕/不敢轻易为你流泪/怕咸涩腌痛你的苦难/只想留你 老骆驼/留你在水草丰美的田园/你看 天边有颗淡蓝的星/隐隐约约为你闪现/你要为她 我的老骆驼/为她走到永远 永远

——《老骆驼》

你是左岸/我是你永远的右岸/一条古老的河/无情定格了/永世难以相连

春天漫过船舷/右岸芳草凄迷/野花点点/秋云静美出/五色的灿烂

左岸古柏参天/清扬伟岸/远处烟波浩渺/近处燕语呢喃

季节会在轮回中煮熟/眺望也是一种美满……我精心守候着……日子的每一个时段/只是在月夜的梦里/泛滥着我们/千年前的团圆/百年后的依恋

一条古老的河流/阅尽人间沧桑/裹挟着凄美的童话/留下无奈的诗篇……

——《左岸 右岸》

简的诗浸透命运的无奈与凄美，却又涨满生命的壮丽与华彩。简是诗人，更是一位泣血的歌者。

在《关于我·简》这首诗里，让我们听听诗人的心语：

就让生命晾晒在/我生命的院落/华贵而质朴/美丽而简约

布衣荆钗/骄傲着灵魂的高贵与优越/野蔬青青/活跃着生命断层的寂寞……

今晚 你为我簪在发髻的/是那枚如柳的新月

无需赘言了。还是请读者细细品读简的诗吧。

华 鉴
2018年7月28日于三亚

目　　录

往事	（1）
诗打开了	（2）
为峰	（3）
纤夫	（4）
萤火虫	（5）
蓝天的眸子	（5）
求	（6）
龙	（6）
点滴	（7）
骨头	（8）
冷	（9）
石磨	（10）
雪山二首	（11）
标点	（12）
祈佛	（13）
简	（14）
伞	（15）
泪	（16）
夕阳铺下的静美	（16）
背山者	（17）
沉香	（18）
假如死神蒙住你的眼睛	（19）
深秋，最后一只燕子	（20）
上帝的肖邦	（21）
插花	（22）

简的诗

下一站 …………………………………………… (23)
心海·苦海 ……………………………………… (24)
无题 ……………………………………………… (25)
彼岸 ……………………………………………… (26)
故乡的葡萄架 …………………………………… (27)
一树玉兰 ………………………………………… (28)
夜 ………………………………………………… (29)
莲 ………………………………………………… (30)
雨水 ……………………………………………… (31)
骆驼 ……………………………………………… (32)
春雪 ……………………………………………… (33)
秘密 ……………………………………………… (34)
想念 ……………………………………………… (35)
情人节 …………………………………………… (36)
元宵节 …………………………………………… (37)
围墙 ……………………………………………… (38)
孟姜 ……………………………………………… (39)
冰雪的世界 ……………………………………… (40)
飞鸟 ……………………………………………… (41)
心路 ……………………………………………… (42)
孤独行 …………………………………………… (43)
古战场 …………………………………………… (44)
咖啡 ……………………………………………… (45)
雷峰塔 …………………………………………… (46)
梦 ………………………………………………… (47)
父母旧照 ………………………………………… (48)
囚禁 ……………………………………………… (49)
根的绿 …………………………………………… (50)
春雪 ……………………………………………… (51)
除夕 ……………………………………………… (52)
楼市 ……………………………………………… (53)

— 2 —

悼木心	(54)
从前	(55)
中央大街	(56)
回忆	(57)
弯月	(58)
天琴座	(59)
春来了	(60)
煤的自述	(61)
弗洛伊德释梦	(62)
谒托尔斯泰墓	(63)
人生没有余额	(64)
烟锅	(65)
春节	(66)
潮流	(67)
温泉	(68)
海	(69)
背山	(70)
码头	(71)
思念	(72)
影子	(73)
古城墙	(74)
写给一个患有自闭症的孩子	(75)
胡思乱想	(76)
芭蕾舞者之死	(77)
贩卖红尘	(78)
以花的名义	(79)
死亡	(80)
静默	(81)
漂流岛与灯塔	(82)
情侣墓	(83)
梦银河	(84)

简的诗

思	(85)
约会	(86)
观根雕《呐喊》	(87)
祭	(88)
茶	(89)
对调	(90)
大风暴	(91)
和最后一片落叶的对话	(92)
春分	(93)
历史	(94)
消失的古村庄	(95)
我的诗	(96)
思辨	(97)
哭泣的海	(98)
上弦月	(99)
诗人和灵魂的对话	(100)
愿意	(101)
信息瓶	(102)
夜	(103)
喜剧	(104)
忘了思念	(105)
问佛	(105)
圆满	(106)
波斯诗人伽亚谟墓	(107)
诅咒战争	(108)
无名军人墓	(109)
窑变	(110)
写于平安夜	(111)
谭嗣同	(111)
诗	(112)
累了，就歇歇吧	(113)

读陶渊明田园诗有感 …………………………………（114）
圣诞老人的家 ……………………………………………（115）
夜祭 ………………………………………………………（116）
唐古拉山 …………………………………………………（117）
列车 ………………………………………………………（118）
雾霾 ………………………………………………………（119）
母亲的灯 …………………………………………………（120）
给—— ……………………………………………………（121）
诗都是乡愁吗 ……………………………………………（122）
酒 …………………………………………………………（123）
彗星 ………………………………………………………（124）
高粱 ………………………………………………………（125）
梦境 ………………………………………………………（126）
化蝶 ………………………………………………………（127）
节气 ………………………………………………………（128）
作别 ………………………………………………………（129）
思绪是一条锦鲤 …………………………………………（130）
致——再见 ………………………………………………（131）
年 …………………………………………………………（132）
木鱼 ………………………………………………………（133）
雪花 ………………………………………………………（134）
萤 …………………………………………………………（135）
观石鲁大师画作《荷花》有感 …………………………（136）
暮色 ………………………………………………………（137）
孤岛 ………………………………………………………（138）
喜鹊 ………………………………………………………（139）
喜鹊（二）………………………………………………（140）
草帽丢了 …………………………………………………（141）
担水 ………………………………………………………（142）
忧郁 ………………………………………………………（143）
雨 …………………………………………………………（144）

简的诗

怀亲 …………………………………………………… (145)
原始森林 ……………………………………………… (146)
分享 …………………………………………………… (147)
你是国王 ……………………………………………… (148)
青鸟 …………………………………………………… (149)
胡杨 …………………………………………………… (150)
冰川 …………………………………………………… (151)
泰山 …………………………………………………… (152)
明前茶 ………………………………………………… (153)
笋 ……………………………………………………… (154)
天青釉壶 ……………………………………………… (155)
故乡 …………………………………………………… (156)
悲伤 …………………………………………………… (157)
日子 …………………………………………………… (158)
浪涛与礁石 …………………………………………… (159)
季节的驿动 …………………………………………… (160)
航向 …………………………………………………… (161)
心事 …………………………………………………… (162)
悟 ……………………………………………………… (163)
老榆树 ………………………………………………… (164)
春之魂 ………………………………………………… (165)
狐 ……………………………………………………… (166)
鸿雁 …………………………………………………… (167)
风·风铃 ……………………………………………… (168)
玫瑰 …………………………………………………… (169)
紫丁香 ………………………………………………… (170)
小年 …………………………………………………… (171)
桥 ……………………………………………………… (172)
过年了 ………………………………………………… (173)
金色池塘 ……………………………………………… (174)
诗经 …………………………………………………… (175)

迷路	(176)
水	(177)
月光谷	(178)
鸟化石	(179)
时间	(180)
斟满	(181)
褒姒	(182)
月芽	(183)
今夜	(184)
窗外	(185)
父祭	(186)
随你去西方	(187)
纸船	(188)
圣诞	(189)
思想	(190)
海岸	(191)
岁末	(192)
诗人之死	(193)
老房子	(194)
湿地	(195)
思绪	(196)
冬至	(197)
腌菜	(198)
金字塔	(199)
日记(一)	(200)
埙	(201)
流浪者	(202)
流星	(203)
爱	(204)
往事	(205)
请求超度	(206)

简的诗

梦	(207)
日记(二)	(208)
月食	(209)
请为我珍重	(210)
只是为你	(211)
写在仲秋	(212)
钱塘潮	(213)
等你	(214)
分别	(215)
在苦雨里	(216)
黄昏	(217)
无缘	(218)
绿	(219)
相约	(220)
歇	(221)
大海雕塑	(222)
老水车	(223)
你	(224)
今夜	(225)
此时此地	(226)
写在七夕	(227)
阳	(228)
巧云	(229)
痴恋	(230)
天·海	(231)
爱	(232)
我的秦川	(233)
思念	(234)
真情	(235)
思索	(236)
思念	(237)

捡贝壳的小女孩	(238)
梦魇	(239)
再读廊桥	(240)
思绪	(241)
海螺丝	(242)
请把我笑容铭刻	(243)
妈妈 妈妈	(244)
漂泊	(245)
风铃摇响思绪	(246)
兰展	(247)
秋思	(248)
海·海湾	(249)
海滩上的帐篷	(250)
夜海	(251)
海恋	(252)
茶与水	(253)
海域	(254)
海岸与椰树	(255)
母祭	(256)
思念	(257)
送你	(258)
树(上)	(259)
树(下)	(260)
圆明园祭	(261)
雪莲	(262)
读你	(263)
等过四季	(264)
葬花	(265)
依依别情	(266)
中秋夜	(267)
夜的清秋	(268)

故乡的秋意	(269)
临秋	(270)
老骆驼	(271)
宿命	(272)
左岸　右岸	(273)
渴望	(274)
浮萍	(275)
乡情	(276)
美丽的和谐	(277)
月台	(278)
感怀	(279)
农历七月游荡的无奈	(280)
不敢	(281)
两棵树的故事	(282)
遥祭	(284)
相聚	(285)
水	(286)
君远行	(287)
七夕	(288)
等你把竹门叩响	(289)
问佛	(290)
扫山人	(291)
山雾	(292)
乐山大佛	(293)
五彩池	(294)
海子	(295)
峨眉	(296)
客舍的寂寞	(297)
我不是鹰	(298)
诗意	(299)
剜野菜	(300)

忘却的距离 …………………………………………………（301）
无悔无怨 …………………………………………………（302）
三月雨 ……………………………………………………（303）
想念 ………………………………………………………（304）
静静的美丽 ………………………………………………（305）
陪你 ………………………………………………………（306）
找你 ………………………………………………………（307）
爱的搁浅 …………………………………………………（308）
落锁的花园 ………………………………………………（309）
怕和你分别 ………………………………………………（310）
涂色 ………………………………………………………（311）
一如月色 …………………………………………………（312）
关于我　简 ………………………………………………（313）
楚河　汉界 ………………………………………………（314）
静静的　想你 ……………………………………………（315）
不敢 ………………………………………………………（317）
无数 ………………………………………………………（318）
我是你来世的新娘 ………………………………………（319）
为君生日而作 ……………………………………………（320）
触礁 ………………………………………………………（321）
离别 ………………………………………………………（322）
中秋临窗而望 ……………………………………………（323）
你约我去流浪 ……………………………………………（324）
月牙儿 ……………………………………………………（325）
圆坟 ………………………………………………………（325）
血玫瑰 ……………………………………………………（326）
读王建《望夫石》有感 …………………………………（327）
梦与君同 …………………………………………………（328）
春饼 ………………………………………………………（329）
想你 ………………………………………………………（330）
有雨的云 …………………………………………………（331）

简的诗

- 写在端午 …………………………………… (332)
- 北山感怀 …………………………………… (333)
- 星期天 ……………………………………… (334)
- 木芙蓉 ……………………………………… (335)
- 流浪 ………………………………………… (336)
- 感君西湖远眺 ……………………………… (337)
- 大爱无言 …………………………………… (338)
- 无题 ………………………………………… (339)
- 送别 ………………………………………… (341)
- 我是你的羽娘 ……………………………… (342)
- 悄悄的,请不要说 ………………………… (343)
- 据说 ………………………………………… (344)
- 道别 ………………………………………… (345)
- 相聚三月里 ………………………………… (346)
- 原本 ………………………………………… (347)
- 鹿 …………………………………………… (349)
- 等你 ………………………………………… (350)
- 神女 ………………………………………… (351)
- 点亮心愿灯 ………………………………… (352)
- 春月 ………………………………………… (353)
- 雨后 ………………………………………… (354)

往　　事

是谁筛下细碎的星星
扣开尘封的日子
飘来迷人的仙乐

是谁拂去蔽目的雾霭
送来临窗朗月
照亮多年蒙尘的书台

日子用滴着血的生命
编织的童话
长成蜿蜒的山脉
长成流动着语言的河
别在迷津处匆匆启程
那属于时光的隧道
梦境也不敢轻易触碰

忘记了熟透的麦浪
荒芜了疯长的稻禾
餐桌上绿了很久的菜蔬
早已枯萎变黄
一生燃烧一次的篝火
早已灰烬迹亡

热泪滂沱的雨夜

飞越千山的信鸽
谷底青青的幽兰
穿越古今的蝴蝶
扑朔迷离的梦幻世界
理不清时空的岁月

往事凄迷
今夜无眠
身上所有的血管
凝固成冰坨
你的身影
在云端上倏忽闪过
几行清泪
缓缓滴入门外的小河

真想扑进你的怀里
随你风里浪里颠簸
吟着穿透洪荒的诗
哼着跨洋越海的歌
和着生命的旋律
舞得曼妙
舞得婆娑

(2015－10－07)

诗打开了

诗打开了
打开一片荒野
启明星以失明的代价
拼接成行
大地的眼泪奔涌
醉倒高山峻岭
涌入滔滔奔流的江河

诗打开了
打开远古的一个角落
太阳以失重的代价
沿抛物线跌落
陶罐盛着文明的火焰
萃取文字的链接

黄钟大吕的呼唤
穿越星辰日月

诗打开了
打开汉界楚河
连接你我的心路
共振心灵脉搏
我愿以生命为代价
换取太阳的爱火
托起燃烧的你我
融化魂魄
煅冶骨骼

（2015－10－08）

为　　峰

夕阳掠过时我是峰
地下投着浓重剪影
孤傲射向云层
每一道沟壑都在呐喊中苏醒
每一条岩缝都燃烧热情

做一棵树
或几株简单的小草吧
沿我的血脉运行
长出冬的苍莽
春的柔情
在我的肩头举起手臂
就有了昆仑的风景

黑暗降临后我是标灯
每一道光都闪烁着精灵
投到海里是浪
刻到礁石上是鼎

做一只鹰
或几个失眠的水鸟

向我的心脏俯冲
沿我的光影做巢吧
粗粝的梦里有爱悄悄滋生
以我的光源为飞行起点
会有浩浩万里长风

时光飞翔过我是钟
只为幸福祈祷
不为来世转经
风雪给我沐浴
岁月给我称重

做一个顶天立地的汉子
或最弱小的生灵
敲响沉默的我吧
听听亘古的响声
生命是怎样回肠荡气
珍爱该怎样充斥天空

(2015－10－07)

简的诗

纤　夫

喊一声号子心胸就透亮
血管涌进黄河的冲天巨浪
亲近一次黄土就垒起祭台
用先人坚硬的骨骼
和至今不曾弯曲的脊梁
祭祀沉淤河床的梦想
祭祀五千年轮回不尽的苍凉

迎着春步步花香
踩着秋时时清凉
更多的是趟着冬雪
踏着夏日泥浆
汗水煮沸了天地

才有经天入海的开创

你一个普通的纤夫
拉动失舵的巨轮远航
五体投地的膜拜
聚不起撼动天庭的力量
碎裂枯枝般的骨骼
扛不住滔天巨浪
淌尽蒸笼般的血汗
终难供奉世间的荒唐

(2015－10－09)

萤火虫

每晚都如约出现
举着灯
天降的火种
聚拢分散
分散聚拢
世上独一无二的旅行
花侬 草侬

载着未来和前生

在人间的温暖里穿行
尽管黑暗的天空
早已失联
栖身大地
通体剔透晶莹
你侬 我侬

（2015-10-16）

蓝天的眸子

蓝天的眸子
睁开旭日瞳孔
大地一片光明
轻抚白云长睫
扫去阴影
万物纯净

蓝天的眸子
风情万种
闪一闪春种秋收
眨一眨圆缺阴晴

笑一笑和风雨露
怒一怒电闪雷鸣

蓝天的眸子
洞穿毫末
眼睛里的蓝天
奥妙无穷
上帝留下的明鉴
审视人间心灵

（2015-10-16）

简的诗

求

求风驱散怅惘
求雪覆盖迷茫
求一千零一夜的美丽
求伊甸园的圣光
求一幅满是疲惫的画
求严谨中偶尔泄露的疯狂

撮土为炉

燃枝为香
一生袅袅而上
以夜为梦
以霞作光
睁眼合眼总是他乡

（2015 - 10 - 15）

龙

真有天神的力量
真有福盈世上的传言
龙柱龙脊龙椅龙船
甚至精致绣进衣衫
泽被万物雷霆万钧
播洒着期盼和愤然

颔颔首江河翻卷
摆摆尾四海狂澜
主宰万物的气概
也有原始的荒蛮
上天的图腾

遗落人间

其实每个人
都该是船是帆
是升起的太阳
是壮阔的明天
是浩瀚无涯的环宇
是顶天立地的山峦
梦里骑上你遨游
醒时细数你鳞片

（2015 - 10 - 15）

点　　滴

像泪珠儿滴进血管　　　　　和着你触碰的敏感
我的躯体就是围堰
缘心脏运行吧　　　　　　　击败病魔了吗
我的心律　　　　　　　　　其实击败的
映着你的肝胆　　　　　　　是我无奈的时间
　　　　　　　　　　　　　你是我的血液
如情愫流入神经　　　　　　想透析都难
我的大脑就是家园
沿脉络游走吧　　　　　　　　　　（2015 - 10 - 14）
我的细胞

简的诗

骨　头

取一根做笔
抽两根做椽
用三根支起头颅
昂首问天
这躯壳还有血肉吗
这骨头怎恁的松软

天亦无语
俯首赧颜
苟活着的这把骨头
还够烧壶热茶吧

品不透的无奈
灼烤混沌的夜晚

心冷骨碎
瞬间龟裂成片
骨髓沥沥
写满醒世箴言

虚假筑牢的祭坛
硬骨头牺牲祭奠

（2015－10－14）

冷

透心彻骨
冻住手脚
冻住腑脏
肋是透明的冰柱
护住心脏
冻透的冰湖

太阳迷失了
躲在云层上
捂着厚厚的棉服
整个世界瑟瑟嗦嗦

裹进北极圈
似乎都要僵住

给一点原始热能吧
做一个人造太阳
融化厚厚的坚冰
复苏万物
温润我的心房
解冻僵死的冰湖

(2015 - 10 - 13)

石 磨

青石的本性
旋转的流年
日子磨成碎片
夏天磨成冬天
你的心磨成雪花
飘落个没完

磨过饥馑
磨过丰年
没有尽头的磨道
终点还是起点
日久年深里

欢笑磨作哀叹
连可怕的咒语
都被磨成入定的蒲团

晴里雨里
寒日暑天
依恋的目光
总是 投向屋后的山峦
时时惦记着
欲说又止的诺言

(2015-10-13)

雪山二首

一

以神的形象存在
灵魂多了雪的柔软
以冰的坚硬出现
心里储满水的漪涟

呼吸间天地为之失色
怒吼着改变了赤身裸体的石岩
山脚下的余晖却未改变
依依绿意盎然
山顶的阳光犹存
盛开着无瑕的雪莲

是圣母在世
还是横天一剑
是狂风当歌
还是夜莺宛转
你的谜底像星星眨眼
今夜请坐下
轻轻一谈

(2015 - 10 - 11)

二

你的怒气可冲天
谁说冲天一怒只为红颜
你的洁净可盖地
谁说冰心存于玉壶间

孤傲立于尘世
未染红尘半纤
喜马拉雅的高度
梦已入云
肩可齐天

千年冰雪织成哈达
万里碧空化作神龛
呼出一个民族
宽阔的胸襟
一半容地
一半裹天

漫天星星辉映你
设立好宇宙基站
贮存下昨天今天
以激光的速度
发射你的明天

(2015 - 10 - 12)

简的诗

标　　点

你爱用删节号作标点
如音符在光波里浮悬
没有旗帜
没有生命的高点
你说诗里酒里
总要走上一番

一首诗醉过椰林彼岸
一杯酒暖透风雪寒天
酒香诗韵伴着思绪升腾
灵魂的光芒频闪
夜幕抖落癫狂的灵感
世间百态游走于
你如椽的笔端

你总是把心预得太热
熔断五月刚系好的彩线
断线的珍珠
散失的标点
飘落海角天涯
融入孤岛的山岚

月落西岸
日涌东山
可你已经迷失在
遥远的地平线
把删节号也带走吧
留下没有诗的孤单

(2015 - 10 - 12)

祈　佛

托天为钵
聚日月星辰的光线
捧地作盘
盛人间所有灾难
五体投地
祈福于佛前

一生一世的磨难
请赐下尘世平安
死死生生的苦恋
请赐下一个圆满

存入未来
存进佛龛
实实在在的存在于
仅有二十四小时的今天

香火萎缩着发抖
祈愿苍白得打颤
佛祖无奈缄口
慈悲并不丰满

（2015 - 10 - 11）

简的诗

简

一张白纸
没有线条
没有图案
飘啊飘
飘向蔚蓝的天空
只与祥云为伴
飘向海角天涯
栖身于迷人的蔚蓝
简单得没有任何文字
通篇却都是快乐勇敢

没有色彩

没有公式
当然就不需要答案
赤裸的心跳跃着
扑向赤裸的岸
只管纵身一跳
哪管它暗礁凶险
更不问巨浪滔天
陶醉于浪尖上的舞蹈
因为简单
所以无羁无绊

(2015 - 10 - 10)

伞

题记:博客上的图案——我竟然是把伞。

伞 撑起彩虹
好一片五色的天
水在上边流
雨在脚下闪
满世界都是穿梭般的银线

伞 撑起一片碧蓝
营造一个无风港湾
浪在上边涌
花在脚下绽
整个生命绘作朦胧画卷

伞 撑起一片暮色
留住一个甜甜的夜晚
月在上面照
纱在脚下卷
整个宇宙星光璀璨

问遍世人
问过上天
一个借伞的故事
怎么会没了没完

(2015-10-09)

简的诗

泪

滴在脸上
发凉
滴在心里
发烫
滴在珠穆朗玛
发威

滴在黄河壶口
发狂
交汇时化作诗行
分流后他乡故乡

(2015-10-08)

夕阳铺下的静美

夕阳铺下的静美
上帝借来种下晚秋
河边的草湖畔的柳
还很温柔
晚霞张开苍穹润湿的双眸
这是该心灵停顿的一刻
亲爱的
谁来收获这时间的问候

你在上游还是下游
我阻塞在生命的隘口
断线的风筝流落他乡
这里难寻相同的金秋

我无力点燃心灵的火炬
思念的沸点怎能收储在田畴

就循着静美向北
向北走吧
寒风织成斗笠
雪花落满肩头
跃上北极的星斗
用骨髓点燃篝火
亲爱的
你的心会不会循着光亮
感知我生命的守候

背山者

背一座山
喊一座山
攀一座山
踏热一座山
一辈子就跟这山紧紧相连

鼓胀着汗透的衣衫
品咂生命的食盐
走几回四季旋转
没什么名分
却结了一辈子仙缘

浴着清晨薄雾
枕着血染夕阳

踏碎嶙嶙山石
滴着珍珠般的热汗

站起来是树
躺下是船
夜夜的梦
在绿海里涨圆

背着山吧
背起这座山
就会有无数的名山
跟你生死相恋

（2015-10-06）

沉 香

千沟万壑的痛
千秋万载的香
上天若真的垂怜
会不会有滂沱大雨
冲刷你经年累月
无边无际的哀伤

要是棵普通的树该有多好
有晨露初阳偎依
还有不时光顾的雨雪风霜
有小溪岩石相伴
安居充满绿意的山岗
哪怕雷劈天火
不过随自然变迁消亡

可偏偏你的生命
浸透了诱人的暗香
就被刀劈斧剁火烫
穿皮碎骨撕肝裂肺
刺透滴血的心脏
在无休止的黑暗里
流淌出的血是沉香

封住伤口的疤是沉香
甚至维系微弱生命的
还是经年不变沉郁的香

焚身富贵家的香鼎
碎骨文人墨客书房
灵秀山川暗香浮动
原来是你被刻作的
大慈大悲佛像

千万人把玩
千万年珍藏
那是你被熬干的血泪
永难愈合的痛伤
人们把你拿在手里
会不会热得心烫

要是棵普通的树该有多好
年复一年黄了又绿
绿了又黄

(2015-10-06)

假如死神蒙住你的眼睛

假如死神蒙住你的眼睛
亲爱的别怕别惊恐
只要我的血
还够热还在涌
就会化作怒涛冲毁奈何桥
只要我的骨
还够坚还够硬
就会变为利斧
劈碎望乡台
还你光明

假如死神蒙住你的眼睛
亲爱的别怕别惊恐
只要我嘶哑的嗓子还能发声
就会用染血的呼唤
留住你的步履匆匆
只要我的心还在跳
就会擂响振聋发聩
让你搏击的鼓声

如果我的眼泪还够透明
就会有一方纯净
如果我的岁月还够丰厚
就让你踩着它回程

如果由于怯懦我做不到
做不到这些啊
就让我牵住你的手
灵魂升起蓝帆
用尚存的一息点燃星星
陪你走完最黑暗的一段里程

(2015 - 10 - 05)

深秋,最后一只燕子

飞翔
孤独的飞翔
溪水叠印着影子
秋雨打湿了翅膀
漂浮的枯叶
铺不出温柔的床

你的爱侣呢
已在溪畔的土里化作秋虫
喃喃对你吟唱
你的儿女呢
已在遥远的苍穹
消失在梦里他乡

你的春天呢
已被深秋仓促卷起
丢在漫无边际的冬天
那个风暴雪狂的晚上
你最终能飞到哪里呢
去追逐天边燃烧的夕阳

我知道你太疲惫了
总也难舍这埋着爱的僻壤
我知道你太想家了
却无力搭建栖身的暖房
只剩下最后一滴泪
会不会润泽你透明的家乡

(2015 - 10 - 05)

上帝的肖邦

关上门窗
打开心窗
灵魂燃亮烛光
黑白的琴键上
指尖同上帝对话
流动的七彩音符
凝固成七彩天堂

哦,上帝的肖邦
自由奔放的生命
是浩瀚澎湃的海洋
蕴蓄着伟大睿智
跳动着苦闷感伤
远望丢弃你的故乡
借音乐沉积你
深沉醇郁的苍凉

海天间闪着灵动
音乐船奇异飞翔
上天赐下月亮
小夜曲融入
生动华美的月光
天地屏息谛听
梦幻绽开透明的翅膀

荒原长出麦浪
严冬鲜花竞放
天才的赤心存放于
圣十字教堂的石柱
公墓的终年绿色
永远跨越时光
哦,上帝的肖邦

(2014-02-28)

插 花

插风清雨露
插浓妆淡抹装束
插流芳溢彩娇容
插英雄伟岸气度

插一枝送别的柳
有思念眷顾
插一片故乡的云
乡音有了归宿
插满姹紫嫣红
给流动的暗香找一条归路
春开在玉瓶

开在奢华尽扫的深处

隔着时光我踏歌而行
收于心底却呼之欲出
风雪漫卷仍长袖善舞
绿着荒芜不荣不枯
守着窗外皑皑白雪
守着屋内暖暖壁炉
美丽推开房门
旖旎画着夕阳的油画
一幅色彩斑斓的大图

(2014-02-28)

下一站

下一站是哪儿呢
我不知道
在流星满天的季节
找一条撒满星光的大道
小站从远方飞来
在这里略略停脚
明知上车下车
都是无法带走的寂寥

春天已经谢幕
花雨早就一直在飘
一方丝巾抖在风尘
撩起泪珠渺渺
若找到盖满紫藤的木屋
会不会印有你回眸一笑

下一站是哪儿呢
我不知道
既然植物是上帝的语言
就去找绿色信号
读风读雨读明朗的景致
读遍地青草
丢了时光丢了歌谣
丢了思念卷起的海潮

借晚霞支起帐篷
用一生换一道炊烟袅袅
烛光亮了熄了
心旅划出跑道
月夜面壁后才懂
下一站是哪儿呢？
一枚辨不清的符号

(2014-02-27)

简的诗

心海·苦海

在心海苦海间摆渡
寻一条最佳路线
月光西沉坠了太重苦恋
如墨的海延伸至
天涯海角的角
海角天涯的天

闭上眼帘
想象帆上有帆
辛勤举着爱的火把
烧透一个夜晚
火星金星水星依次坠落
连上帝也掩面
无法救赎的海难
心海干涸

苦海依然

失了舵轮
淬火的太阳失重
风暴卷走蓝天
浪尖佩着黑纱
鸥鸟扯来孝衫
心海苦海轮回
突兀的礁岩呜咽
泪水冲刷苦咸

一方椰香一眼古泉
该不该出现一柱擎天

(2014-02-25)

无　　题

如果一生的路都是错的
最好晚上静下心来
泡在昏暗的酒吧
梳理碎片的记忆

血色透明的红酒
浸润枯干的思绪
月光透过窗的缝隙
落进深红色液体
啜饮命运的故事
感悟生命的启迪

浓稠的不仅仅是酒
还有关于冬的日记
沉沦的灵魂帆又鼓起
月黑风高烟雨凄迷
舵轮里的星说
暗夜不都是黑色记忆

对面而坐没有距离

细雨淋湿彼此旧衣
月亮发来短信
不是没电就是关机
太阳发下的试卷
不是无解就是无题

农闲农忙都涂着汗渍
麦浪裹着你我
起伏多少涟漪
敲响夕阳的炊烟
被无情的梦封进箱里

镰刀闪着寒光
刀口粘着血迹
无论多少痛楚
感谢黑夜吧
尽管伤痕累累
清醒后该是完整的自己

(2014-02-24)

简的诗

彼　岸

彼岸是一种参悟
用佛灯点燃月下肃穆
拨动雾里的云
分开云中的雾
拈花而笑时
回望黑暗里的路
无舟无楫
谁肯普度

心悟情悟禅悟
开海中花种天上树
生命变成号码
灵魂用作参数
彼岸观音会不会
来一次天地相合
在春风里的重复

想念彼岸
想念绿草如茵旅途
想念光明
想念满是光晕的路
血凝虹桥泪结玉桥
万种思念该进该出
彼岸的林子
挂满珍珠泪珠

(2014-02-23)

故乡的葡萄架

从远方掸落风尘
掸落禅缘
回到故乡葡萄架下
听成熟的浆果涌泉
走了一个方圆
终于可以躺下看天
白云藏着紫色风韵
水灵灵的放牧门前
石凳倒了
是一次倒春寒
老屋残了
残于风雨变幻
葡萄架依然
存于童年光阴之前
只是那天那地
那不再旋转的水车

那不再水样的年龄
已无法作心情的宣言

盖一寸蓝天
铺满床时间
留住岁月荏苒
留住菊香菊黄双亲坟间
收拾好石桌
摆上流年佐餐
今晚，就于今晚
一杯一杯饮尽夜色
乘月光把葡萄种到天边
接回无着无落的春天

(2014-02-22)

简的诗

一树玉兰

开了整树整树玉兰
绽着整树整树情缘
拾起被风吹落的时间
读到禅的美丽
美丽的禅
海南的心绪
翻卷在大海之南

这是第三百六十六天
一年里多出一天
恍惚的想念
独坐北方雪封的窗口
描绘天边海润的玉兰
描绘冰封的小路
独自行走的思念

太阳开得又大又暖
不需要厚厚披肩
卸了橹停了棹
装载四季的船靠岸
抛锚拴住积年的心愿
为梦里一支上上签

不信落花有情流水无意
生死不舍留在昨天
不再总是风雨无眠
赴约时容颜灿烂
求一份时空的悠闲
为你打扫积尘的房间

(2014-02-21)

夜

黑暗的夜谋划着
买走了灵魂
挣扎呐喊狂奔
透明的监狱
不透明的门
梦魇的命运
卷起着雄浑
打开细寻
破碎的过往
鲜血淋淋的心

秉烛而坐的不是忏悔

是阅读上帝书架的光晕
敲响夜敲响世界叩问
何时天会亮
哪怕洒几粒星辰
何时情该了
哪怕学太阳西沉
北方的北啊
在夜里踩躏
雨水了春还不见春

(2014-02-20)

简的诗

莲

每一瓣都蕴蓄纯净
每一片都闪烁晶莹
霞光里喜沐晨露
夕阳下笑舞金风

重重心事埋进心底
示人前淡雅沉静
是九孔相连吗
还是七窍玲珑

一声一声问
一孔一孔答
莲心里珍藏着
读不透的心经

读了一遍又一遍

悟不透参不醒
剥开甜甜的莲子
皱着眉笑忍疼痛

从天池落入凡尘
陷污泥苦觅真情
西湖水戏濯清涟
断桥畔几度死生

吐叶时君未到
绽花时君未逢
万重心事沉进水底
只剩一份肃穆的恬静

（2014 - 02 - 19）

雨　水

在北方的洁白里
小草萌发根系
淌着春意成雨
淅淅沥沥
点点滴滴

春梅顶着雪开了
笑傲雪压霜欺
望南国满目新绿
西湖有些迟疑
明前茶鼓劲儿孕育
龙井新芽醇香飘逸

哦，真的忘了
送伞是在夏季
一片北国天空的蓝
一方南海碧涛的绿
蓝与绿亲吻
融出一个节气

雨水了

会下雨的
雨夜里喁喁私语
多少故事浪漫美丽
情思抽出心底
编织透明的相思

捧起雨的丝线
揉进绵绵情意
一针针一线线
天然色彩织成锦
让春走进彩绸
走进刚刚苏醒的天地

你说北国的雨要晚些
那么请不要着急
亲爱的我会笑着等你
等你陪我看雨
把无数无数的心事
晾在昨天的风里

(2014－02－19)

骆　　驼

驮着残阳
驮着干渴
驮着没有尽头的沙漠
驮着生命的水
驮着体能的热
驮着情感的炽热鲜活

星辰在驼峰间流转
晨昏在流转里明灭
前路在迷茫中延伸
孤独在燃烧着喷火
蹄印下种植的绿洲
却一路延绵不绝

驼铃摇动清泉

血脉膴胀热烈
只盼着流火的沙浪
雨露润泽着青草
掸落满身的黄沙
落进粼粼碧波

卸去终世劳苦
沐浴夕阳的金色
守望启明星起落
细审你坚执的脚步
每一步都踏着
过分奢侈的快乐

（2014－02－18）

春　雪

题记：雨水了，却下了一场迷迷茫茫的雪。

醉在漫天飞扬的春雪
醉在梅瓶浸香的釉色
醉在昨晚探寻的明月
醉在清晨那轮旭日
朝霞染红茫茫雪野

蒙着落寞的心境
迈着迷茫的脚步踏雪
一行行诗句错落
一滴滴泪润脚窝
冰冻的心蠢蠢欲动
渴望圣洁的爱
推一个大大的特写

玉净瓶装着春天
柳枝头泛起绿色
天地间盛着神秘

溢出莫名的快乐
拾起一切
又抛下一切
情愿如夏娃般赤裸
接受纯白的馈赠
把不朽的爱储于天国

走远了
影子孤独着
走近了
灵魂孤独着
茫茫春雪覆盖世界
只留下一个
形单影只的自我

（2014－02－18）

简的诗

秘 密

一个关于心事的秘密
在地图上被标来标去
是幽深的海
是一马平川的绿
清风悄悄耳语
轻轻一句诺言
还是满世界的期许

反反复复的夜
月亮招呼星星
运送积了太久的雨
天上掉下的梦
堆出遍野金币
却买不走心底的秘密

北京往北的雪很大
北京往北的气温很低
冰冻的土地
却早已标注春的信息
一粒谷子发芽
日子里满是秋的金曲

过了千年百载
沉淀多少个世纪
一块残片出土
在阳光下扑朔迷离
考古学者驰骋想象
也难以破解这解不开的秘密

(2014－02－17)

想　念

风在想念
想得累了
停在柳树梢头打盹
雪在想念
想得久了
飘作天上的白云

月亮夜夜想念
想得碎心断魂
不知不觉瘦型隐身
星星痴痴想念
想得太痛苦了
粉身碎骨跌落埃尘

等待看不见尽头
啃噬着心脏
想念理不清头绪
撕裂了灵魂
强力胶封住了
失重的日子
错乱了时序
颠倒了晨昏

泪还没有流尽
已然绿了柳枝
红了枫林
梦还没有做透
早在天涯海角
刻下铭文

失了魂的寻觅
踏破百双铁鞋
踩碎千年红尘
裂了魄的想念
丰饶千年国风
苍凉万古乡音

银河边栽棵树
云层里播片林
篱下那株嫩嫩的牵牛
正拼力攀爬向上
紫艳艳的小花
静待着旭日的光晕

(2014-02-17)

情人节

没有情人
没有爱人
没有亲人
只想借今晚的月
今晚的酒
敬来来往往的爱神
静静守候挚爱的真纯

圣坛的礼花映着春
庇护一片沙漠绿云
月圆在静默时分
圆在漂泊的痴心
梦里跋涉拷问灵魂
拥吻失而复得的天真
懂得炼狱磨砺真情
懂得寂寞为至爱提纯

时光老了
瀑布的白发挽起
拂尘每一个晨昏
日子老了
忘记春夏秋冬
四季年轮

混沌间留一个方寸
以泰山为弓
黄河为弦
弹动天地长琴
给没有情人的情人节
演奏天籁乐魂

(2014-02-15)

元宵节

有月没有酒
有影却少秋
一个人的冬季
一个人的元宵
黏黏糯糯的心事
守着森林开始变老

流光溢彩的灯
繁花似锦的礼炮
每棵树不停燃烧
心绪无处可逃
没有声音敲开
雪盖的木屋
没有脚步印证
时光的寂寥

清澈的月高悬天空
密集的星争争吵吵

流星雨特立独行
倏然滑出深情的轨道
打开时光童话
阅读挚爱的美好

梦外那片海呢
可留住痴心守护的航标
灵魂点亮每一个夜晚
有情人儿浪尖嬉笑

酒未斟泪已滴满
望明月举杯相邀
广寒宫深深几许
锁得住冷清寂寥
干杯碰碎时空
残片闪闪爱恨难销

(2014-02-14)

围 墙

挡住飞鸟
挡住目光
迷宫一样的围墙
慌张彷徨
休眠了日月
沉睡着时光

春哭喊草木不长
秋低泣无收所藏
生死对等瓜分热望
推不动看不清
古希腊咒语般深奥
储存黑色死亡

历几世劫难

经积年雨霜
一朵紫色的小花
在墙顶偷偷闪亮
为孕育一次暴动
拼足力气疯长

上帝赐给灵魂
就该安上翅膀
生命终于有了投向
高远的天地
挤满希望
总会有春色荡漾

(2014-02-13)

孟 姜

哭得旷野凄然之后
便是哭得壮阔
哭断了肝肠
哭昏了苍天
哭倒了长城
哭干了大河长江

风不敢从这儿走
雪不敢在这儿落
古长城见证着
朝代更替世事分合
一生为爱而活
延绵群山一片绿色
那是你一直在哭啊
世世代代大雨滂沱

一行泪若是长江
另一行泪一定是黄河
溢进湘江珠江松花江
盈满大大小小的湖泊海洋
浪连浪波接波
倾诉着亘古不变的传说

历史无法迈出门槛
送来青铜雕塑
谁的慨叹谁的孟姜
眼泪最终浸泡出国殇
世世代代膜拜
千古打着漩涡

(2014-02-12)

简的诗

冰雪的世界

问候水晶里的童话
问候雾化成冰的雪花
冰灯冰塔冰城
带着温度长大
凝固的音乐
每一行都响着钢琴
鸣着吉他

世界的冰雪
冰雪的世界
上帝赐下阆苑仙葩
地下的月和天上的月
同时圆了
同时绽开礼花灯花

走过玉桥
进了玉洁冰清人家

真想在这做个主妇
起身上了厅堂
转身下得厨房
开一瓶老酒
挂一幅年画
用严冬不曾冻僵的思念
牵你回家

隔着子午线
隔着不可逾越的时差
你若是贴好春联的暖巢
我却是早已迟到的月华
只好把心种在风雪
等春回时开花

(2014－02－11)

飞　鸟

飞越天空断层
飞过茫茫沙漠
飞越时光的盲区
飞过泥沉沙重的黄河
精疲力竭的小鸟
总是不能停歇

雨挟着雷
风卷着雪
到处布着罗网
飞弩枪弹扫射
请问不可知的命运
如何还一个自由的我

桎梏从胚胎开始吗

谁给箍紧的枷锁
渴盼放飞灵魂
蓝天下纵情欢歌
我心执着
可鉴日月

花开时做的巢
如今早已残破
飞着去赶轮回
拼命把苦难撞破
尽管伤痕累累
春光里依然歌喉婉转
舞姿婆娑

(2014-02-10)

简的诗

心　路

凄凄暗暗的夜色
昏昏黄黄的月亮
心绪的河被冰冻
不能流淌更无法辨识
前方的流向

低矮的气流
低矮的目光
甚至低矮的草芥
都在无情扫射
唯一还跳动的心脏

拽住裤脚的孤寂

扯住衣襟的彷徨
长了翅膀的沮丧
一齐狂轰乱炸
毁灭仅存的希望

漫长的心路停在漫长
停在长满苦菜的山岗
绝望里翘首仰望
等待旭日临窗
照彻冰冻的河床

(2014－02－09)

孤独行

孤独包裹的心境
怅惘捆缚的魂灵
涉过条条江河
攀援重重山峰
拜谒巫山痴女
该如何承受千载江风

高山有云雾的缭绕
流水有浪涛的轰鸣
踽踽独行的旅途
春无草绿秋无月明
苦累一世孤寂一生
拨不透厚厚云层
经年累月虔诚修行
读不完自己写下的心经

挪一步血印累累
叹一声泪雨濛濛
一针一线补缀
一厘一毫拼缝
补不成心的完整
拼不起梦的灵动

真有九九八十一难吗
叩问奄奄待毙的魂灵
良善在炼狱淬火
劫难在踩躏痴情
冥冥中凤凰振翼
唤挚爱浴火重生

(2014-02-08)

古战场

听一听金戈铁马散去
渗血的寂静
捋一捋鼓角铮鸣止息
冷却的思绪
世世代代厮杀的人类
天地鬼神测不透玄机

拾一柄生锈的矛
捡半边断裂的戟
刺进欲望燃烧的心
穿不透血污汇聚的历史
帝王的神坛下
英雄的史册里
层层无辜者的血肉躯体

爹娘心头的宝贝

冤魂埋进地狱
深闺梦里的郎君
血肉早已成泥
白骨堆砌多少个世纪
青山却不曾高出毫厘

鸿雁衔不回灵魂
明月扫不净怨气
满地野草当作香烛
能不能唤冤魂皈依
历史的回声渐渐散去
所有的赞歌只能
深深埋进地狱

(2014-02-07)

咖 啡

早起一杯浓浓咖啡
泡着枕边梦痕
苦苦甜甜飞上云
一个音符跌落
暖着胃暖着心
暖着久未弹的琴
轻轻品咸咸的日子
细细看光怪陆离的灵魂
一块面包蠢蠢欲动
堵着一个早晨

杯子长出咖啡林
顺时针拨动光阴

穿越无数隧道
才醒脑醒心
浑浊了泪是太阳的触碰
千煮万煮煮透光阴

陪着梦陪着清晨
陪着活力陪着思想延伸
然而静寂的夜
不需要有我
我最不适合
月下独斟

(2014-02-06)

雷峰塔

横也诵经竖也诵经
雷峰塔下
压住痴情不悔的精灵
显也无形隐也无踪
山净水洁苦苦修行
来也为情去也为情
生生死死万念俱空

扫一层塔
历几番劫
洒几滴泪
凝百世情

西湖泪眼朦胧
静听古刹晨钟

雷峰塔老了
夕阳映着斑驳塔影
暮鼓伴着蛙鸣
搅了和尚诵经
残梦缺月少星
尘世还能否找到
凄美的纯真爱情

(2014-02-05)

梦

粉粉百合轻移梦中
攀山越海今夜重逢
千里迢迢路短
步步星闪月明
经冬历春一吻
绿透百里葱茏

从岁月那端走来
往天的这头聚拢
心在共振
魂在叠影
执一杯暖酒
为这生命的重逢

为圆今夜一个梦

准备了多少期盼
多少疼痛
经受了多少凄冷
多少无助
多少清夜的寂静

轻轻的手牵手
轻轻的梦叠梦
每寸光阴都有投影
每方夜色都有回声
莫让风儿吹皱心情
良宵一刻美丽一生

(2014-02-04)

简的诗

父母旧照

一切都成过去
永远忘不掉的记忆
我是你们的骨肉
也只能面对老照片
望着黑白彩色的距离
停在不能逾越的边际

我试图水中捞月
复活天堂盈盈笑意
我试图镜中取花
重生大地鲜活美丽
一切终是徒劳
严寒裹着冰峰雪川
哭成一场场泪雨

漂流的荷花灯
照着漂流的屋宇
心灵的钟摆能不能刻下

爹娘回家的归期
泣血的思念化作渡船
风帆鼓满亲情暖意

烛光映着你
灯影拥着你
我的心时时牵着你
纪念的痛密密匝匝
挛缩在一起
堵塞得令人窒息

到天堂购物广场
用生命买一份时光
砸碎阴阳的界碑
重温亲情的甜蜜

（2014-02-03）

囚　禁

囚禁眼泪
囚禁爱恋
囚禁一块地
囚禁一方天
囚禁日暖月寒
囚禁灵魂的哀伤
心的凄婉

走多少路绕多少圈
密密实实的栅栏
固定在原点
一点点绿一寸寸蓝
不见尽头的遥远
心里开垦一块田
种着不死不活的时间

沐阳光浴泡月亮泉
细细碎碎拼着空间
碑文无字西风无言
一滴一滴泪
一首一首诗
浸透夕阳下的挽联

灵性早已苍老
无奈干枯泪泉
一息游丝尚存
被囚的心总是悸颤
肝肠寸断
相思经年

(2014 - 02 - 02)

根的绿

密密匝匝的根系
默默深埋无语的土地
无视灿灿星空
无缘艳艳云霓
积聚通体的能量
孕育生命的新绿

茁壮的干
繁茂的枝
挑着浓浓的绿叶
高高直接天际
原始生命的根基
为大地散发着
带诱惑的魅力

平凡平静的绿

从根系运行
长出围墙
冲破地狱
化作撩人的春色
供自由的心灵栖息

绿是根的使者
蓝天下传递信息
花是根的杰作
晨光里扯出标语
叶落花谢成泥
再融入深深的根
埋藏命运的秘密

(2014-02-01)

春　　雪

撑破天的彤云
怎么就成了雪花
漫天飞舞着
无拘无束飘洒
斑驳喧嚣的尘世
脱胎重塑成为
纯洁无瑕的童话

松花江敞开怀抱
撒一河冰凌
装一船雪花
温暖的桨摆渡新绿
洁白的帆鼓荡嫩芽
一年一季春的脚步
踏着雪的节拍出发

兴安岭古松挺拔
爱拥着春雪融化
转眼间淙淙春水
一路嬉笑欢歌
涌入海角天涯
满目姹紫嫣红
忘我生机勃发

感恩冬对春的孕育
膨胀冬对春的希冀
融汇满世界的春雪
浓缩人世间的精华
拼命绽开泣血滴泪的
一束小花

(2014－01－31)

除 夕

穿过胸腔
撞击心脏
蛇年的最后一天
送走了所有祝福
打开深邃的天空
探望迷蒙的月亮

怕莽莽黑暗迷了路
挂上一盏红灯笼
照亮你回家的方向
连着春的除夕夜
透着芬芳
升腾五彩缤纷希望

斟上一杯红酒
盛满几世夙愿
穿透时空
酒杯碰出脆响
醉了京华
醉了故乡

相思经年也累了
今晚有个除夕梦
送给崭新的太阳
鸟飞翔心也飞翔
一枚红豆种在人间
还是种在天上

(2014 - 01 - 30)

楼　市

火柴盒摞起
靠电梯升降
不胜寒的高处
堆起层层梦想
钢铁铸成的空间
分割靠一扇扇塑窗

人性的贪婪
助推楼市疯狂
开发商地产商中间商
炒房囤房投资房
人人攥紧金钥匙
梦想打开财富天堂

生态病了
没有医生临床
有一天灵魂也被摞起
生命能不凄惶
骨质严重疏松
踮着脚难跻天堂

梦里竟然轮回
成了一株绿树
植根黄河堤岸
浴着晨露朝阳
洗净每一寸空气
听着鸟儿鸣唱

(2014-01-29)

悼木心

简的诗

打开书是未谋面的你
合上书是神交已久的你
文学回忆录
夹着你黑白照的朗笑
无论风雪夜阴雨天
简陋的书屋变得精致

走出监牢地狱
带着鲜血泪雨
留着油炸痕迹
终于还原自己
自由的大地才配拥有
天才的自由思绪

坐在徐徐的风里
端详暖暖的书页
品味淡淡的诗句
忘却椎心的仇恨
诚觉世界都可原谅
宽容蕴藉着故里

与先生暖一壶春酒
顿觉山高水低
心在飞翔的智者
容得下天地环宇
世上除了挚爱
没有一样属于自己

(2014-01-28)

从　　前

多少次拜谒从前
掬心灵里汨汨清泉
漂洗缕缕丝线
织成蜀锦壮锦
还有西子湖染色的
柔软华美丝缎

那颗星那轮月
该在哪里闪现
彩虹挂在哪方天
都要仔细斟酌盘算
祥云从沙漏里穿过
留下一片蔚蓝

从前是童年的碎片

遥远的遥远
时间打磨成骨针
把记忆缝缝连连
嚼一嚼比黄连苦
品一品比蜜汁甜

我们也会成为从前
偶然间被考古结缘
演绎成乏味的故事
任人消磨时间
故事的每一个细节
其实都是云里雾里
美丽动人的编撰

(2014-01-27　14:42:47)

简的诗

中央大街

一种东方的沉寂
笼罩住老街
走在百多年前铺就
凹凸光滑的石头街面
影子被冷冻
心里却没有霜雪

轧过去像钢
巡回来似铁
青石块剪切的历史
被有心无心录进
都市时尚的影碟
轰响着震撼人心的音乐

紫丁香携着山楂树
亲吻三九天的瑞雪
街灯挑一街欧陆风情
向游人娓娓诉说
是赞赏关东人热情好客

还是慨叹旅居的白俄

萨克斯幽怨的旋律
叩开时空的房门
请进世上所有的美丽
装满普世的大爱
给严冬揉进绿色
耶稣的十字架
奏响了生命赞歌

老街是古老的天平
一头挑着人类的道义
一头挑着侵略的罪恶
每一块青石板上
都刻印着层层足迹
记录着百年善恶

(2014-01-26)

回　忆

落到地上
又埋进土里
柔弱的嫩芽
鼓足勇气
在写给自己的诗里
冒出寥寥几笔

老红松年轮老了
终年迎风低泣
风干的松籽
睡了不知几个世纪
等雷劈后的雨
唤醒忘却的记忆

画板上反反复复临摹
总是出现一个问题
涂掉的是自己
捡起的还是自己
炫耀池边绿的回忆
火塘里灰烬的叹息

沏一壶热茶
咀嚼黄昏的果干
星星一枚枚落进杯里
苦辣酸甜百味人生
重新储进记忆
深锁永远的秘密

(2014 - 01 - 25)

简的诗

弯　月

沉沉的黑暗
把月亮压弯
像仙女巧手的剪纸
孤独地贴在天边
你是天神的画船
为何驶不过暗夜
停靠在思念之岸

大地黑黢黢的倒影
迷离得凄然惨淡
嫦娥囚在广寒宫
偷偷以泪洗面

哭倒长城的孟姜
梦里也想着飞天

你总是与暗夜为伴
能不渴望明朗的白天
跟太阳在一起
日子该多么温暖
尽享团圆的幸福
今晚我替你值班

(2014－01－24)

天琴座

天琴座落泪了
音符跳跃着
落进人间的世界
岩石蕴着泪珠儿
音符伴着流水欢歌
爱之光笼罩着音乐

教堂里飘着圣乐
心灵的伤口
在肃穆中愈合
朗净的天空
追寻着肖邦莫扎特
孕育成美妙的星座

为了爱一切都舍得
正像扑火飞蛾
烈火融化了身体
诞生了生命的音乐

美丽的列斯波斯岛
流淌着音乐的抒情诗歌

熄灭了仇恨之火
驯服了地狱群魔
引来快乐天使
播洒人间爱河

俄狄浦斯捧着爱人的泪珠
幻化命运的光泽

七弦琴音符闪烁
鸣奏爱的仙乐
苍莽的宇宙
或哀婉　或清丽
或激越　或壮阔
轰鸣着人性至美的圣乐

(2014-01-23)

简的诗

春来了

春和爱是相爱的天神
拉着手布施甘霖
湿润的热吻
吐层层春韵
最后的雪酿酒
醉了爱人

神光飞扬作吐艳百花
四处布及青春绿荫
春来了爱就跳上太阳
爱归了春就飞升绿云
春里有爱的美好

爱中有春在扎根
借日的金箭
用月的银盆
绿色纱帐迎娶新人

知道过了立春便是春分
经过一个夏季
会是落叶缤纷
深埋相爱的心
请天地做不朽的证人

(2014-01-22)

煤的自述

埋下郁郁葱葱生命
掘出乌黑晶莹
运行矿人血脉
托举工友魂灵
投进去烧个热火朝天
留着灰白的哀荣
家乡在等吗
妻儿老小在等吗
叶凋了又生
泪洒了又盈

暗黄的灯下
刺着寒冷的坚硬
夕阳哀思停留半空
怕苍白月光冷冻
物是人非的香灰
为谁层层祈求来生
盼亲人会用我燃的火取暖
梦中依依相送一程

(2014－01－21)

弗洛伊德释梦

以悲伤的眼光
看不知悲伤的事物
阳光雨露慢慢成熟
淡蓝的花开在
淡蓝的窗户
肆无忌惮的梦起舞

装点一新的房间
请梦分类进屋
秘密通道里寻潜意识
表面波光潋滟的湖
水下却是波推浪涌
云腾雨注

是心醉神往的仙境
还是缥缈迷幻的虚无
生命融化成了气雾

灵魂战栗坠入万丈深谷
纵九死而无悔
一梦千载忘了归途
安琪儿
扇着透明的翅膀
在观音脚下起舞
仙女们从天国飘下
纤纤玉手轻轻捻动
皈依心灵的佛珠

彼岸传来大师的兴奋
细审你释梦的标图
梦是潜流的自我
我是潜流的雕塑

(2014-01-21)

谒托尔斯泰墓

不分季节的苍翠
守护着世间最美丽的墓地
剖开是蔽日的森林
合拢是遮天的碧绿
没有墓碑
寻不见一枚文字
整个世界却在墓前肃立

阿斯塔波沃简陋的木屋
收留下最后的点滴记忆
记录着天国的悲悯
铭记下普世的神曲
列夫·托尔斯泰
你的名字何次于上帝

《卡拉马佐夫兄弟》
在你的身旁陪伴
《蒙曼随笔》手稿
伏在你书案上叹息
不幸的灵魂随着你《复活》
战争的幽灵却厚颜无耻
一时一刻也不曾止息

善良的灵魂辉映泰斗
不朽的文字润泽东西
你在安详的天国
俯视人间的喧嚣
世风的奢靡
却再难发出警世的谶语

(2014－01－20)

人生没有余额

人生真的没有余额
云计算也有归零时刻
春花秋月加减乘除过
莫如雪后山岗静卧

唐古拉山前悔悟禅坐
踩黄河凌汛洗心跋涉
回到不曾染尘角落
撑天骨骼不会塌落
指水的流向

托山体巍峨
身前身后何需反复计算
一文不少万亿不多
子子孙孙都是过客

转经筒藏一句箴言
转动地球
就已读过

(2014-01-19)

烟　锅

点燃寂寞
吞吐古老的生活
熏肝燎肺
吧嗒着呛咳的烟锅
梦也打着哆嗦

烟雾熏黑了太阳
空气散发苦涩
日子短了一截
又短一截
幼小时眸子里的火
盼望夏日驱走蚊虫
寒冬屋子烘热

出门扛副犁杖
回来攥把风雪
汗珠和着雨水的日子
任光阴蹉跎
祖祖辈辈的烟锅
汇聚成天边的云朵

上天流泪了
地下起霾了
太阳变暗了
红月亮含着悲凉
挂在窗前
质问满是灰尘的烟锅

(2014 - 01 - 19)

简的诗

春　节

爱送春节回家
朝起暮落叠成雪花
不慌不忙除旧布新
嫩绿抢超季节
乐颠颠跳上枝桠
挑一盏红灯笼
照亮心宇海角天涯

贝壳里存一片蓝海
冰雪中储万朵鲜花
艺术的摩西

贴出火红崭新的年画
春节被春天融化
醉了万户千家

爆竹在除夕夜撒欢
洋溢着祈福的童话
春回了——快梳理心绪
敞开心扉潇洒

(2014-01-18)

潮　　流

红色的海洋
满是地狱泛出的
神圣滚烫鲜血
打着漩涡
翻滚着愚昧的喧嚣
狂热的罪恶

人类设置的地狱
囚禁住自己的灵魂
赚足魔鬼的吆喝
砸碎血污浸透的圣坛
抽搐着噩梦惊醒
才模糊看清荒谬的底色

其实　伟大总是属于
人类的漫漫岁月
一个理想的世界
少不了每个人的尊严

思想的自由驰骋
人性的光辉闪烁

美丽与丑陋携手
亲吻着民主科学的段落
每个人都该撕掉假面
率性表达畅怀放歌
让一个个会心的笑
温暖苦世的烟波

逃离假面舞会
放松在咖啡馆小坐
星光洒在灵魂
夜色铺满方桌
静静地弹奏键盘
抒写简的博客

（2014－01－17）

简的诗

温　泉

妈妈走时
我的眼睛哭成温泉
在家附近
天天冒着气泡
天天期待晨昏
小路清晰记得
黎明时分

一片两片三片叶
绿的黄的红的
依序浮在泉心
只有我相信
不管多少年
妈妈都会回来
也在黎明时分

泡个温泉澡吧
暖骨舒筋

因为在冻僵的北方你曾问
温泉真有那么神
没有出过大山啊
问号由该死的年代封存
女儿早已走过南国
大大小小温泉
却未能拜晤远去的灵魂

今夜　就定在今夜吧
我们不会惊动别人
在女儿的温泉里为妈妈擦身
你会亮眸红唇黑发乌云
吮吸过您的乳汁
今天该妈妈感受
女儿的体温

(2014 - 01 - 16)

海

题记：古地质学家说这里的桑田曾经是海。

桑田下
掘出古代的海
一块磷化岩片
一层贝类色彩
或许有鱼头摇尾摆
像隐者遁身老林
留下山脉
渔歌不再
山歌还在

每块山石
都有一片海
游着鱼的灵动
藏着船的欢快

睁开惺忪睡眼
波涛起伏是过去
丘陵延绵是现在
山对水的契约
替你守着海

撬动山石
绿色相约而来
一滴露一滴泪
会不会引出海的血脉
沧桑的心沧桑了万代
永恒的住宿只能是大海

(2014-01-15)

背　山

题记：泰山上，游客所需用品都是他们背上去的。他们偶尔会在无人的山路喊几声，舒缓重压和疲劳。

喊一声高亢
喊一声豁亮
喊一声云垫脚下
喊一声雾扛肩上
喊一声水在背筐流
喊一声山在头上长
喊一声忘记的岁月
喊一声扑面而来的泪光
祖祖辈辈讨的生活
在岩缝张望
这儿是星星
那儿是月亮

从早走到晚
从背筐掏出一座山
回家放到床上
装进酸甜苦辣的饭碗
放在饭桌上仔细端详
藏在皱纹里的汗珠
湿了衣裳
湿了梦乡
心里惦记着
山外的儿郎

(2014-01-14)

码　头

泊着心泊着浪
泊着船来船往
泊着黄河泊着长江
泊着开天辟地的时光
泊一轮闪着金烽的太阳

让心着陆浪开放
船回故乡
黄河长江沿古道歌唱
一道泥沙卷一层巨浪

瘦瘦的码头

瘦了历史的目光
过去一声号子
今天一声汽笛
穿透水的幕墙
穿透生命动感
灵魂苍凉

夜空中那弯月
是你投下
变成锚的心脏

（2014-01-14）

思　念

黄昏的卡尺
精确着经度纬度
纵横穿过思念
量多长测多宽
总是十字交叉的路线
点点滴滴滴滴点点
拢做同心圆
阻止相思漫延

心窗探出风筝
一线牵住山水

一线展开蓝天
料峭春寒的单衣
嗫嚅着抛出
一个多情的晚安

渐深的夜色
把灯关了又开
开了又关
窗里窗外都是无眠

(2014-01-13)

影　子

导在前
跟在后
甚至左右随从
树影花影云影
人影虎影鬼影
冷笑对话
有阴阳之分就有阴影

时光并不完全透明
创造不出美
就有恶诱惑
爱恨美丑同源同宗
从东到西从西到东
生有阴暗
死有阴影

阳光下暴晒
此生平平
拧干皮肤最后一滴汗
眼睛最后一滴泪
血管最后一滴血
湿润嘶哑的喉咙

酷热里死去
生命晒得透明
一根骨头咬着另一根骨头
一根筋脉牵着另一根筋脉
星月间刮起的
叫作骨风
再无阴影

(2014－01－12)

古城墙

风吹下一把土
雪挪动一块砖
历史溢出一片尘烟
夯土是辛酸
勾缝还是辛酸

雄鸡啼了
城墙从清晨回到夜晚
从青年端坐到暮年
思想砌起在这里
阻挡千古狼烟
光明磊落的文字
春秋阴刻阳刻的御览

一层霜雪

一层沙棘
一层厮杀呐喊
一层血色鏖战
四周围拢着难以数计的过去
中间是不知名的明天

无法呼吸无法坦然
更无法使大雨倾天
心里阻塞着三叠阳关
吐出来
又是一座各留一半的
喜马拉雅山

(2014 - 01 - 12)

写给一个患有自闭症的孩子

得到一个奇妙的角度
看见别人未见的奇妙
心在哪儿外人怎能知道
常常拍发神秘电报

用眼睛和上帝对话
纯净的光在窄小屋子闪耀
童趣关在铁匣
偶尔剥出一张糖纸
掉出一根布条
上帝开扇天窗
却没留下爱的小道

我不是天使
只想踏进你的世界探讨
密封的门钻个小孔
偷偷告诉我一个通道
孩子　我静悄悄的孩子
把手给我
我们同做一个祈祷
我的心进去了
别忘把它找到

(2014-01-11)

胡思乱想

胡思加乱想
可是真糟糕
一会入地狱
一会走云霄
冰天雪地
多雨泥淖
神游了列国
《论语》又拿倒
不懂柏格森的直觉
不信弗洛伊德释梦的烦恼
心飞了

够也够不着

喊魂的该喊一声了
快回来
白纸上的脚印
想把风筝拥进怀抱
谁牵着眼泪
千里迢迢乱跑

(2014－01－11)

芭蕾舞者之死

题记:70年代初,偏僻的小镇却偏有一个芭蕾舞者。在各种流言蜚语中他死了……死于自杀。

把自己抛给白雪
一片羽毛起落
成了漂亮的白天鹅

白色的衣
白色的裳
上帝送一双白舞鞋
优雅的天使
天外的舞者
最完整
做了最纯洁的告别

愚昧完成了对文明的绞杀
丑陋挥矛舞戈滋生邪恶

灵魂的翅膀
煽起狂飙
美丽的舞姿活活车裂

凝固的小镇
蜷缩着龟壳
窒息的小镇
早已失血
黑夜对影子说
今晚无月
泛滥成河

(2014-01-09)

贩卖红尘

曾做上天选民
而今贩卖红尘
约一约苦恋乡音
称一称天地良心
量一量艰难平顺
跛一跛苦寒春分
为神做鬼
来一个平均

远景移到近景
山重几两
海存几斤
忖度细分

上帝已做千百碎片
融进森林
永生着仁慈悲悯

贩卖红尘
举着活脱脱的心
升起光一样温暖
落下海一般深沉
让平凡的血肉之躯
长满上帝灵魂

(2014 - 01 - 09)

以花的名义

雪花烛花浪花
泪花心花自由之花
以花命名的美丽
脱胎换骨依然如花
开了一茬衰了一茬
谁执锄葬花

雪下着不要花
泪洒着不要花
期待长久
布及四海遍布天涯

冥冥中谁在回答
花开后有果
你看青杏长大
泪渍着
雪化了
都有最后的家
以花的名义
仰视天界
灵魂升华

(2014-01-08)

简的诗

死 亡

死亡——
没有墓碑
没有十字架
没有什么可怕
跳上死神的马车
不过是开始和结束
缓缓落下

生命起源黑暗
星在夜空胚胎过神话
既然终点契合起点
就赶着马车
沿着黑暗潇洒
嗅着死亡的信息
手指也会触到
神殿的光滑

心包容的太多
地狱容不下

为山为水也好
为牛为马也罢
转世轮盘
转出凄冷哀叹
也转出喜悦泪花

拥吻死亡
生的孪生兄弟
来张合影
花要开叶要落
像日子里春秋冬夏

(2014-01-07)

静　默

停止雪的惆怅
停止风的夸张
静默的世界
从天上走到心上
交付一份思索的力量

我已在三界外
你总在心灵上
我已在黑土里
你总在云头上
我已在旷野中

你总在岩画上
相望回望
每一颗念珠在手中发烫

静默流成河
也有大海汪洋
狂飙的张扬
看看天空
会多一轮太阳

（2014-01-07）

简的诗

漂流岛与灯塔

调转方位　　　　　　　　　划亮航线
放逐激情　　　　　　　　　点亮心灯
驾环流绕你　　　　　　　　惊涛骇浪处变不惊
互相眨眨眼睛　　　　　　　憨厚根植坚定
　　　　　　　　　　　　　平凡滋生忠诚
去海外的海
游天外的天　　　　　　　　幸福从大海走向天空
跃到肩上跟我旅行
何苦死守终生　　　　　　　漂流岛漂流了
在漂流的航海图　　　　　　留下一海真情
你会是最漂亮的星　　　　　月的纱巾抖出几颗星
　　　　　　　　　　　　　玉洁冰清天地共鸣
根在这里
生与死都是一生　　　　　　　　　　（2014-01-06）

情侣墓

题记：在西伯利亚，人们发现3500年前手挽在一起的情侣的墓。

死亡也无法分开
上帝已不是主宰
手挽在一起
就是深埋于泥土里的
一轮太阳
千古极寒不再
撞碎3500年的大门
迸发经天纬地的爱

没有了血肉筋脉
不能拥你入怀
尽管只剩骨头

也燃着磷火在风雪中
为爱人把香茶煮开

泪做冰川木排
雪撑华美车盖
爱会把一切融开
今晚的梦
汹涌澎湃
是相爱人灵魂回流的海

(2014 - 01 - 05)

简的诗

梦银河

细浪拍着花香
两岸已有人来往
鱼儿衔住星星
浑身闪闪发亮
流星的飞船往来经商
卖一粒珠宝
买一缕时光
不老的神话称一称
装进背筐
织女彩帛裁剪停当

给谁做出漂亮衣裳

没有波浪
不要橹桨
爱永远团聚
福寿因之绵长
美丽的梦境
长天荡漾

(2014-01-04)

思

大脑留在梦里
骨头先醒过来
砥砺成笔
蘸热血投出
飞鸣镝上诗文立起

趁泥土还有盐味
骨头也还有些力气
耕耘同样瘦骨嶙峋的土地
诗安放于生命
煮进生活的序曲

血落成太阳
太阳染了旗帜
掂一掂骨头
能否举起
仰天长啸
问一问
心做的砚台
骨磨的笔

(2014-01-04)

简的诗

约 会

走多久了
未能捕获到约会
遥远的想念
总把心向前推
你给了我一个过程
沿着北极雪走去
让风向南吹

把太阳钉在纽扣上
阻止夜燃成灰
张开雪山的余晖下落
冰川间

是诗是歌
还是时间的封土堆
用春酿的新酒
把思念的群山灌醉

你的脚步为何
总在身后跟随
那么停下来
种下心
等你的泪

(2014-01-03)

观根雕《呐喊》

黑暗里遒劲
光明中呐喊
以最恢宏的精神
最原始的气度
喊就喊得诸佛升天
生在泥土里运行
死在太阳下展览
每一根经络
每一根血管
都敢直面朗朗青天

畅饮过清泉
咀嚼过时间

为惊醒睡城
经历千百年修炼
何须凿一片斧一片
斫去灵性
削去心肝
请保护我的完整
请维护我的尊严
听周身血脉
流水潺潺
我会运周身之气一呼
为天上人间

(2014－01－03　12:26:18)

简的诗

祭

题记：写在5·12汶川地震曲上镇幼儿园遗址。

荆棘——
扯着步履拽着衣襟
扎破了脚穿透了心
几百个天使合葬
废墟长出一朵朵灵魂
稚嫩得还没有年轮
黄色的小花
灼伤世人的眼睛
上帝的良心

找不到你的翅膀
就想吻热你的嘴唇

可五年了没有音信
不肯再下凡尘
孩子——我们的孩子
哭你一遍再哭一遍
祭你一次再祭一次
揣一把冷冷的土
感受你的体温
晚上让星星陪你
住月亮的宫殿
那里没有地震

(2014 - 01 - 02)

茶

只为见最后一面
匆匆走过夏
熬过彻骨的寒
举着最嫩最小的芽片
等在明前
残雪里打着寒颤

我在杯里你在杯外
隔着玻璃
用目光做倾世交谈

是用黄河水煮的我吗
是用长江水泡的我吗
不，哪有那么多壮阔的波澜

饮下的是泪
一点一点浸出的辛酸
一分一分回味的甘甜
是温温热热的
暖你柔肠百转
炒焙干枯的我
第一次笑得珠泪满面

啜饮吧
别怕渐渐变淡
生命的感悟常常在于
起承转合的瞬间

(2014-01-02)

对　　调

题记：看到太阳磁场将实现完全翻转，南北极会相互对调的新闻。

哦，南北极对调
真有这么好
搬家时用车用马
还是用排成行的雪橇
极光留在谁家
那么多冰雪怎样运过赤道
银河的方位会不会错乱
北斗星也该一改名号
人类迷了路
风往哪边飘
找不到北时

回家的路能不能找到
如此看来
需要新的坐标
我该有一个指北针
不管冷热
都向北方疾跑
千万把握住方向
灵魂不能没着没落

(2014 - 01 - 01)

大风暴

心卷起的大风暴
徘徊大海
击碎的岛礁
在风眼做短暂安歇
下过雨的云
无处停留
桅杆飞掠
翻覆了海天
颠簸着世界
树颤抖匍匐
屋四散飘落
自然和非自然的一切
俯首神力的断喝

风暴无良的风暴
源起何疆
该止于何界
到底供献多少牺牲
能拽住狂野

风暴转身
留下沉默
人类开始修补残缺
被夺走的心
可还有下落

(2013 - 12 - 31)

和最后一片落叶的对话

你真走了吗
怎么不见了
落叶——在恍惚的时间里
没有一字信笺
没有一语回答
我的伤痛留在泥土
层层叠叠
地的箩筐
该怎样装上它

千万树上
千万时间里
等的就是你呀

天上的泪洒了
雪来了雪来了
西风里安魂曲响着哪
阿尔卑斯山
忘掉自己的时候
你金黄金黄的颜色
庄严在星子里绘着图画
用我的青丝
绿遍天涯
可哪一片都不是你哟
我懂得你累了
永远不想发芽

(2013 - 12 - 31)

春 分

站在春分
把骨肉分开
给过去给未来
剩下灵魂自由自在
迎春花苦苦菜
堆起花冢
一半在天一半在海
冬和春分手
说句再见
就不再回来

春分是不是
把什么都要分开
不舍的离人
相依的山脉
那么泪不要洒
花不要开
揣一个团圆在怀

(2013 - 12 - 29)

简的诗

历　史

从不大声疾呼
总在悄悄回答
温柔的沙海
藏着金沙
不留痕迹
存在阳光之下

天下家国
家国天下
放大一张截图
山脉横空出世
跃出金戈铁马
人类倒影
赤裸于水滨

洗涤伤疤

一剂最苦的汤药
灵智反刍
醒了兴亡
沉浮百家
最大度的容忍
最高贵的尊严
历史风度地掠过时空
最严厉的苛责
该被谁认领回家

(2013-12-29)

消失的古村庄

古村庄
怀里揣热的古村庄
捧着心
站在游子的路旁
青石板的乡音
古树散下的清凉
母亲的洗衣杵
留在河塘怀旧的月光
先祖的遗训
砌作古墙
呼之欲出的灵魂
护佑远去的儿郎
细细柔浪
伸展最慈爱的目光
触动漂流的历史

投下静止的时光

古村庄——想你时热泪盈眶

高楼立交桥
割裂阡陌流畅
大把钞票购买着荒唐
茂盛的老林低垂成
落叶枯杨
心迷路了
没边界乱撞
上帝也收拾行囊
要去流浪

(2013 - 12 - 28)

我的诗

在抽屉过了十个夏天
在心里反复吐丝做茧
混沌于无天无日
却清晰数着一个个纪念
世外透过一孔光明
飞上树梢鸣蝉

升时擎着圆露
落地裹夕阳的温暖

静静生静静死
千万别打扰时间
葬在生命的高点
挽歌也会唱得自然

当需要跟世界说再见
躲到树下的孔洞里冬眠

(2013 - 12 - 27)

思 辨

苦海无边
回头无岸
梵音失灵
思想是先知的救生圈
临危不乱
临幸福也不乱
船帆会永远升着尊严

无数次死亡
无数次复活
加上无数次沦陷
诞生醒世箴言

崇拜本身来自脆弱
智者不为宗教催眠
世界的荒谬卑俗
注定天才的叛逆异端

行为匍匐在地
思想跃上云端
月的皎洁
真来自太阳光线

(2013-12-27)

哭泣的海

还会不会
寻到这样完美的海
太阳把碧蓝
拉得波光粼粼
落日的彩带
浸入海底
长出上天恩赐
五色的彩鱼
星星汇聚
枕着海浪睡觉
在摇篮听潮汐

梦里——梦里的记忆远去

浑浊的泪

乖戾的脾气
推不动的垃圾
拖不出的淤泥
海在被沙化
沙却被踩实
心躁动——强风暴由天而起
蒸发着——不想毁在地球怀里

哭泣的海
有谁听海的哭泣
想看你的笑容
人类该补偿所有泪滴

(2013－12－27)

上弦月

冷肃挂在天边
湛蓝的夜幕
陪衬流光溢彩
是琴还是琴仙

久未上弦
仍纤尘未染
飞天手里舞起流年
盼美妙音符
直达荒芜人间

召回九洞神仙
绿草悠长
蝶舞蜂喧

你等着——执着地等着
过了多少代
等先知去弹

(2013-12-25)

简的诗

诗人和灵魂的对话

静静堆着无人看的诗
静静听灵魂哭泣
擦擦泪出发
屋子收拾干净
床铺也叠得整齐
月的白绢已垂下
这时候
正好沟通天地
烈火引我们走向天空
走出天空方正的格子

累吗——心已走出樊篱
远吗——遥感博大包容世纪

诗已干瘪得不成样子
抖一抖就有雪花落地
归于零时
归于尘泥
封存住空白的忘记

如果还需为爱
长跪千年
请你——灵魂
调整好呼吸
与我寸步不离

(2013 - 12 - 25)

愿　　意

题记：闻君摔断肩骨肋骨。

如果我的骨头
能换你的骨头
我愿意剖开血肉之躯
拣最鲜最活的一块给你
如果我的疼痛
能拯救你的疼痛
我愿意在地狱的火里
烤来烤去
送上魔鬼的宴席
如果能向上苍
讨到丹药
我愿意长跪不起
如果生命可以扶你

我愿意先涉九泉
炸掉奈何桥
把未过完的日子
留在阳世

是的，所有假设都不成立
所有的结尾也都是定局
可我已准备就绪
跃马执枪
和缠你的病痛拼死一搏
倒地——让不幸在我身上止息

(2013－12－25)

简的诗

信息瓶

题记：美国科学家保罗·沃克北极探险时在信息瓶里留下夙愿，要测量到冰架的距离。他生命定格在二十五岁。五十四年后，信息瓶被发现……

空守五十四年极寒
空守五十四年冷寂
生命点亮科学
科学燃起生命火炬
最后一次俯冲
存于冰天雪地

北极没有遮掩的阳光
一寸一寸找到你
密闭的时空
依然会在心头发烫发绿
生命从二十五岁复活

名字从冰海升起
测出距离
以你命名
冰架有了归属
遥对着墓地
火辣辣站在庄严的北极

在最接近上帝的地方散步
别忘了回头
看看屹立的自己

(2013-12-24)

夜

说夜是平静的
是低估夜的情商
风呼雁鸣
虫叫蛙唱
灯的目光照见忧伤
就连落雪也有
若断若续
梵音轻扬
篝火爆响
松香烧成星光
一把一把撒向天堂
明明灭灭
完成一次美丽的梳妆

动物提着灯笼游荡
树林轻纱拉长
昙花借黑色天鹅绒出嫁
夜飘出幽幽体香

夜,华丽标准的肚皮舞娘
星星陪你跳得酣畅
娇喘盈盈汗珠闪亮
水晶鞋一不小心
划出极光

(2013-12-24)

喜 剧

题记：有感电视上过滥的喜剧闹剧。

拌过糖搅着蜜
上演五花八门的喜剧
诱捕至圣的心沉迷
拼装一个光明的尾翼
思想的力量沦落于宗教
上帝手中的糖果
发到人间
已经过期
不是幸福不停敲门
其实缺少悲壮
轰然倒地的勇气

没有悲剧的民族
往往不知疼痛
地狱的领袖
该冷静饮尽痛苦的反思
我思我在
给我一百零一个喜剧
还你一千零一个叹息

(2013-12-23)

忘了思念

忘了萦绕思念
忘了一点两点
表针清醒地把心
刻镀成指南罗盘

理性的杯子
装着寒冷的夜晚
弯月游弋过
浮光闪闪

打开透气的窗
接冬至进屋取暖
数尽天边星星
南方沉睡依然
你该跃马平川
与我诗心相伴

(2013-12-23)

问 佛

一只眼睛看过去
一只眼睛看未来
为什么不把现在
打扫干净放在莲台

一只手安抚众神
一只手民间仲裁
为什么不拨阴霾
把混沌世界的天窗打开

一只脚在天堂
一只脚在地狱
为什么不把卖火柴的小女孩
从黑暗的苦难赎出来

我问你猜
你问我猜
枉了千年的跪拜

(2013-12-22)

圆 满

真有那么多圆满吗
你也求他也求
上天该给谁一个成全

宇宙大爆炸
就注定了分散
不能长久的满
没有永远的圆
要不然怎会
世世代代祈盼

或烧香拜佛
或登山许愿
从君临朝堂
到清苦民间

如再有一次核裂变
能不能碎了我
让天下圆满

(2013 – 12 – 22)

波斯诗人伽亚谟墓

星期五下午
一株梨树
一株桃树
花瓣盖过坟墓
一年两次花雨
美丽如诉
花期之间
行走着灵魂
还是诗著

静静谛听
俯身泥土

知你心跳未住
生命是一个通圆球体
光明阴影
一半升起
一半谢幕
高贵的诗人
东方的星宿
众神相送的指环
为何深埋入土

(2013-12-22)

简的诗

诅咒战争

战争是利益的棋局
生命只是将军的棋子
起落间燃为灰烬
世上抛妻别子
端着渐冷的茶
端着浸着血的哭泣
铁血的战争
铁血的武器
珍贵的青春
如荒草被割刈

恶魔撩起欲望
谈笑间翻覆云雨
互相厮杀的人类
不过是门里门外的自己

如果宇宙需要诅咒
我第一个诅咒战争
死不瞑目的眼睛
止住将星升起
用母亲寻儿的悲啼
拨开腥风血雨
喑哑的战地百灵
让位普通鸽子
就算被一百支枪瞄准
也衔住橄榄枝起飞

为我前世来生的兄弟

(2013 - 12 - 21)

无名军人墓

题记：写在韩国将移交志愿军遗骸之时。

无名无字
在异国——向北
埋葬了
埋葬了炮火
生命的冷寂
思乡的叹息

你的名字遗失在最前沿
率领的枪林弹雨
胸膛做掩体
鲜血垫高了无名高地

岁月本该披上孝衫
坟前的野草凭什么一年一绿
六十年了
一个带泪流血

疼得无处安放的甲子

我的父兄
我的子弟
剥离的心紧攥住你
死死不弃

接你回家团圆
泪漫的墓地求你安息
不朽的骨头却列队
挺立不屈
斩断罪恶的血手

为你的灵魂祈祷
为无辜的生命祭旗

(2013 - 12 - 21)

窑　变

原不是本意
错在火的慌乱
热得烫人的美丽
源自血被吞噬
心被烤干

顶着青峰秀岚
含着雨露清泉
如爱人相恋
若兄弟比肩
本该是与你为伍
盛一碗粗茶淡饭
黑暗里的烈火
记下过誓言

来自同一方水土
命与命生死相牵

那种错误的不经意间
我窑变得星光灿烂
庙堂上
与你空望千年
只求上帝的手
打碎时间
重为尘泥
与你地下相见

(2013 - 12 - 20)

写于平安夜

以血救赎换来平安
以身饲虎悲悯为天
圣父圣子圣灵
佛陀观音罗汉
走上圣坛
入住佛龛
你云游四海
变化万千
我山自为山

自甘平凡
你用烛光搭起围栏
我不舍与泥土牵连
吐一口气
天地之间
相向寻着平安

(2013 - 12 - 02)

谭嗣同

留下肝胆入药
血凝作碧丹
倒下去的躯体
隆起一座昆仑山

煮一千遍熬一万遍
舍身投进苦难
沸腾的药汁
蒸煮着麻木和黑暗

强壮的灵魂
撑起脊梁的尊严

苦药煎熬万遍
仅仅半碗
却让端起的同胞
疼得发颤

(2013 - 12 - 19)

简的诗

诗

骨敲木鱼
眼睛就是虔诚的诗作
浮一朵古莲之上
供奉佛陀
面壁十年
真会是一个
诗做的达摩

飞天如瀑
石书崖刻
神箭穿过身躯
有气壮山河的爆裂

心里流出的血
不会蹉跎
灵魂迸出的泪
不会浑浊
关进死亡的牢狱
自由就会腾飞超越

从日出走到日落
前边是不朽的你
后边是滔滔江河

(2013 - 12 - 19)

累了,就歇歇吧

累了,就歇歇吧
静静听
心长出枝蔓
抽出绿的叶片
细细看
骨头的磷火
怎样点燃
敲响夔鼓的时间
傻傻品
昏黄的灯光碰壁
掉在地上
留下遗言

未能嫉恶如仇
却暖透火辣辣情感
伤心时会不会有
天地大战
举起生命
依然
一千年泣哭
一千年狂笑
一千年呐喊

(2013-12-18)

读陶渊明田园诗有感

月下的孤独
叩响窗户
清凉着歌曲音乐舞步
躁动得失去平衡的夜幕
约先生一见
笑靥有些模糊
发黄的故纸
月夹进书
茶香袅袅
如飞鸟来去自如

一半天伦的快乐
一半农人的寒素
一半是波涛起伏的海
一半是真情款款的湖
一半是心语
一半是泪珠

先生的诗只能在
弦月的琴
星光的弦上弹出
露打的履沾尘的裳
晾在故园半干半湿的泥土
诗情长在桑麻青黄
碑文写在南山田亩
夜风中摇曳生辉
清新如故

文学的塔尖
未去入住
先生在塔外
踩着云雾散步

(2013 - 12 - 17)

圣诞老人的家

心往北极出发
冰雪深处藏着快乐的家
天上长着诗歌
地下铺着童话
红色邮筒里
哪怕最微小的愿望
也带着五彩缤纷的晶莹
静悄悄的轻盈落下
北极光辉映着繁星
守护着圣洁的拉普兰
好一幅人间唯美的图画

为圣诞老人唱首歌吧
广袤的森林
纯净的旷野
冰冻的河流
童心般无瑕

为圣诞老人跳支舞吧
约上美人鱼
白雪公主
卖火柴小女孩
穿越时空
这里的幸福没有误差

盖着圣诞老人的袍子
温暖相拥
和耳朵山絮叨悄悄话
北极的拉普兰
敲门入梦
天地间纯净无瑕
飘起美丽的雪花

(2013 - 12 - 16)

夜　祭

整整一年时间
终于把阴阳两字磨圆
越过大海
越过千山
越过生死隔断
磨出一次生死的聚散

湛蓝的海
湛蓝的天
湛蓝的心绪
湛蓝的时间
一切都在静默定格
生怕惊扰你蹒跚的脚步
驻足不前

七月十五的夜晚
金灿灿的月
属于阴阳两界的慨叹

几枝香烛几陌纸钱
接你回家团聚
沿着月亮圆起的路线

开窗话场圆
吸一口烟锅里陈年的思念
品不透生死的轮回
只留下深深的眷恋
撕心裂肝

走一走前屋后院
摸摸老山墙汗渍斑斑
折一株墙外野菊
留一方淡静安然
你说让爽净跟着你
何须缭绕的祭祀香烟

(2013 - 12 - 15)

唐古拉山

肩扛摇摇欲坠的星月
铠甲泛出青铜颜色
冰川在胸膛涌动得发痛
雪峰喷薄出英雄气魄
你的豪气多情
使九天生云千山落雪
上擎天下撑地
用从不变形的骨骼
风呼啸着你的召唤
读懂箴言的是我

寒冷冻伤了
没有灯光的夜
只能在山腰
点燃原始的火

仔细翻检前世
找不到这样熟识的夜
心仍似来过

当你低头深吻纳木错
放在怀里预热
我知道曾是一条鱼
在湖里游着
此刻剥下带血的鳞片
搭出朝圣的天台
举着灵魂
把你的神光拜谒

(2013 - 12 - 14)

列　车

单程车票
在瑟瑟发抖的车站候车
心守着此刻
未到的送别
信号灯的谶语
画乱午夜
只有白雪作伴
陪瑟瑟的村庄擦身而过

从南向南

从北往北
终究还得下车
会不会看见
坠落在草地上的太阳
慵懒的晒着
儿时的裙裾
布鞋　红舞鞋　水晶鞋

（2013 - 12 - 13）

雾　　霾

清晨匆匆
停在铁栅栏的路口
彤云沉沦
太阳就此分手
雾霾里的方舟
找不到水手

天上人间混沌
都市沉入地狱
雾霾牵着苍狗
吞噬了新朋旧友
无法收贮橄榄叶的日子
在恐惧中发抖

熙熙攘攘的人群
不知该往何处走

戕害自己的人类
谁是狰狞推手

喝令三山五岳开道
修筑着狂妄的丑陋
放下虚假的高贵
敬畏才高举过头

攫取最小
蓝天才会最大
还原成刚来时的赤子吧
感恩母亲的守候
飘在雾霾里的旗子
瑟瑟发抖

(2013 - 12 - 13)

母亲的灯

我知道你的灯是亮着的
远远的就看见故乡水土
艰难缝出快乐
做我童年的衣服
春风回归的燕子
衔着裙裾
永远骄傲着公主

我知道你的灯是亮着的
远远就波动着慈爱的音符
青年的莽撞
丢了叮嘱
懵懵懂懂
不会把夜当书读
忏悔却早装订成心头的书

我知道你的灯是亮着的
远远地回流归宿
揣着不惑的年轮
涓涓倾述
岁月的簪
别上时光的发束

天上的星星都投下灯光
我真迷了路
那么多母亲的灯
那么多洋溢的路
世界上儿女的幸福
盛了满满一湖

(2013 - 12 - 12)

给——

你总躲在屋子里
翻阅孤独
生命和孤独竟长成同体树
云飘在叶
星落进土
反反复复
树下的铁砧
沉默地敲打
一条没有路的路
埋葬过什么
你的世界到底有多少雾

讲台上
优雅谈吐
知识光标
引航轮渡
你终于问我
为什么要打开窗户
换换空气让心有所属
世界是一张画不完的图
上了车就没了路

(2013 - 12 - 12)

诗都是乡愁吗

诗都是乡愁吗
是故乡染尘的水墨画
还是风筝漂泊的家
诗情是风驰电掣的动车
从遥远的两端鸣笛对发

男人蘸着烈酒
女人蘸着泪花
乡愁是揣在诗里的土话
是叶脉的自问自答
是树下睡去的秋虫
是无暇照料的小花

诗都是乡愁吗
穿越古今的长夜
世世代代都不曾装下
仰望浩瀚银河
披阅世间神话
月光与星光的行距
究竟出了什么偏差
今夜的乡愁
不再是婉约诗里的月牙
瞬间怒涛回浪
撞断山崖

(2013 - 12 - 11)

酒

从先民的山歌飘来
从雨雪霜露里蒸发
黑暗发酵着光明
蜕变前生的血肉
吮吸灵性
静静发芽

柔柔的香
火火的辣
纯绵的苦涩
百味混杂
最原始的欲望迸发
芬芳的气息浸入骨髓
醉到天涯

沉重的日子飞上云霞
如铁的寒冷砸出火花
尊贵的金盏
贫贱的泥瓯
祭祀的杯里盛满热望
都斟着透明的精华

邀明月共饮
为天地抛洒
醺醺众神
不知爱我还是爱她

(2013－12－11)

彗　星

尾翼拖着诗情画意
扫落天堂尘泥
夜空接受着一份明净
一份久违的飘逸

那么多星整而合一
你的轨迹是心仪
那么多天文镜聚焦
人类的目光满是猜忌
其实你光波如水
柔美着壮丽
洁净的心从不可欺

量量裙的长度
捧着云裳瑰丽
这正是写诗的距离
深蓝的天幕
偶尔有了闪光的句子
相思飞上天追你
走一程送一程
随更深的夜露涨起

（2013-12-11）

高　粱

举着火炬
擎着太阳
饱满的乳浆
追红脸庞
褪去一层青绿
镀上一层光芒
嘲笑假模假式的羞涩
敞开坦坦荡荡的胸膛
任四面的风鼓荡
火红的旗高昂
宣示纯朴的主张
划破翻滚的金浪

每一粒米都让珍珠惭愧
每一碗饭都让玛瑙忧伤
从不需要伪装

赤裸着上场
成为农家第一顿新粮
米香穿过春秋的期望
绕在故乡的房梁

莫言把你的高贵
铺在贫瘠的黄土
瘦弱的山岗
你就把心里的呻吟
成长为坚强
守护着一辈又一辈的村庄
我那株株待收割
待酿酒
待醉倒天堂的火红高粱

(2013-12-10)

梦　境

月碎作丝绦
到达梦的细节
闪闪烁烁在飘
扯一片云帆
夜沉得正好
蓝色的时间
撞击起蓝色波涛
铺天盖地而到
天地相吻
我们骑着彗星出逃

宇宙外看光子比赛
星星舞蹈

天狗咬下半边太阳
衔着就跑
浩瀚的星际里
只想把自己缩得更小

走上心头的惦念
迷离的答案揭晓
攥住夜的手——冰凉
突突跳的心——热得发潮
伊人已远
月光的被把我悄悄盖好

（2013-12-10）

化　蝶

你看我化蝶

看涅槃时吞我的火蛇

七窍玲珑的诗心

真会大悟大彻

其实化蝶的不是我

而是梦境的飞蛾

飞着舞着

投进光晕的快乐

一生缩短为一刻

天外世界

借小女孩的火柴

点着神佛前的烛光圣火——

笑着作别

上帝的慈悲从不为

贫穷和爱降落

来世的你需要站直

跪拜的只是

化为灰烬的香火

(2013－12－09)

简的诗

节　气

题记：再过几日就是冬至了。

就这样寒来暑往
就这样地久天长
再累也不肯
在古茶店边歇歇脚
品一品时光

就这样走下去
又这样走回来
青石上轧着四季
满是苍茫

二十四等分的季节
起起落落冷冷暖暖

时间的账簿记着一字一行
飞的是灰
灭的是烟
蒹葭苍苍
白露为霜
旧时的风景跌进现实的日子
丰硕或是饥荒
恒定的自然
来时淡定走时也不彷徨
永远不为人类慌张

(2013－12－09)

作　　别

不知用什么与你作别
背景没有加勒比海的日落
康桥的柳河里的草
早已归属浪漫的诗人
天上的星星
无能笨拙的我
又无法镶成钻戒

只盼这里落雪

你那里也落雪
让世界盛满纷至沓来的热烈
谁说雪不会燃烧
冰岗雪峰都是点燃的寂寞
一颗透明心
修成佛前盛水的清钵
供奉着依依惜别

(2013－12－09)

简的诗

思绪是一条锦鲤

波光潋滟的河里
我的思绪
是一条锦鲤
快乐地游向你
暖暖的夕阳涂着金色
细浪温柔地抚弄着腮鳍
水草如茵
石子也闪耀珠宝的神奇
噢，真是美妙的时间
可以无忧无虑想你

星星掉进河里
我的思绪
是一条锦鲤
举着灯笼去看你
夜风催促着行程
树影的指针滴答作响计时

噢，真是焦急的时间
心跃出水面拨动着涟漪

月亮西沉
我的思绪
是一条锦鲤
已在你窗外那汪水里
和你的梦交集
吐着芬芳的气息
篱笆上的喇叭花
正举行一场盛大婚礼
我不知道能否回去
月光宝盒还有没有
最后一点魔力

(2013-12-09)

致——再见

绿荫浓重的八月天
我们说再见
厚厚的乌云
泪落雨前
明知再见亦是不见
恒定着无边无涯的海面

你总试图丰满
半圆的月
总有一半黑暗
你总期待彼岸
半险的滩
总有一半无船
你总奢求平缓
骨子里的爱
总有一半血肉相连

戴着面具
设定一切伪装的遮拦
不如让心飞出勇敢
去拷问九天
攥紧命运的苦咸
攥紧人生的标点
千万莫洋洋洒洒用完

推开门窗
竟是那般璀璨
福亦翩翩
梦亦不远
祈祷无言
只有我的再见
泪水潸然

(2013 - 12 - 08)

年

时间的纺锤
总把日子旋转成线
从一织到十二
织成一个结点
开始的欣喜
结束的惆然
成功失败的往返
在经纬里秘密会见

日出彩锦
月落江寒
日子的光匆匆闪现
耶稣的十字架静穆

让熙熙攘攘人群
在十字路口打转

悬崖边偶然的遇见
墓碑把灵魂分在这边那边
钢筋构架的骨骼
运行着年轮的纺线
铭文刻着时间的挽联
光明与黑暗的分界
年躲在一旁笑看

(2013 - 12 - 08)

木　鱼

在诸佛的尊号中
数一盏盏青灯
在众生的祈祷中
诵读带梵文的佛经

敲一回
心里长出几朵素莲
敲一回
从黑暗渐渐轮回到光明
不紧不慢的月落
不紧不慢的回声
从木到鱼
回首青枝绿叶的前生

平心静气走进山门

知会顿悟的灵性
念着普世箴言
祈求普度众生
终于敲得六根清净
佛殿里
真的静修成圆满
真的把罪孽敲平

可在我手中
为何一声接着一声
敲出啼血般的思念
心颤得发疼

(2013 - 12 - 07)

简的诗

雪 花

来自前世
那一首被风吹散的
牧童短曲
寒冷间匆匆凝聚成形
春已过去
秋无影踪
悲伤的心如绵如絮落下
天与地的路被你的不舍打通

晶晶莹莹
飞舞着梦的轮廓
含着杨绿柳青

那么多桃红李白
漫步于无垠时空

今夜搭着圣诞老人的雪橇
再寻一程
吹短笛的牧童呢
就是那座雪雕那盏冰灯
魂牵梦绕日夜在等
你为他织好的围巾
又厚了一层

(2013 - 12 - 06)

萤

点亮一盏盏灯
聚作一片片星
明知穿不透浓重的黑暗
却依然在黑暗穿行
翅膀波振伤痛
珠泪内心溢盈
在死与生之外
用弱小的躯体
换一个完整的过程

摩崖的石刻
半睡半醒

夜半的舞姿
半灭半明
纵然天地间河流都为你酿成酒
醉倒的只是芸芸众生

假如我也像你
把生命举起
用骨头去丈量里程
会不会如你一样透明

(2013-12-06)

简的诗

观石鲁大师画作《荷花》有感

清荷竟可接天
飘逸成了神仙
淡淡一抹粉嫩
素素几点墨菡
天堂垂下的画轴
让你远离人间的苦难

你是不屈的儿子
你是不了的夙愿
你是不死的精灵
你是挣断锁链的背叛

你的世界
是血是泪是汗的集结
是阳光灿烂乌云蔽天
山呼海啸的混乱
黑白倒转的重压下
爆炸了仅属于你的五彩斑斓
于是你和梵高诞生于同一母体

灵魂与灵魂秉烛长谈
狂野的笔墨
流入青山绿水窗明雪寒
普罗米修斯的子孙
每一条皱纹都连着沟壑
每一根须发都直立问天

你走了
国旗上残留着法律的羞惭
你走了
画笔上回旋着呐喊的威严
你走了
金色的双翼折断于凡尘
青荷上承载着
挺拔于出
傲然不群的尊严

(2013 - 12 - 05)

暮　色

最讨厌的暮色
合围着把心包裹
最讨厌的暮色
收走牧人最后的短歌
最讨厌的暮色
太阳的辉煌
被投进地狱之火
最讨厌的暮色
挟来掷地有声的冷漠

冬还是那样的冬
雪还是昨夜的雪
只是闪烁的晶莹

一寸一寸失去颜色
泪还是那样多
诗还是没着落
近前还是没有故事发生
远方还是没有亮起灯火
暮色——恼人的暮色哟
何时分崩离析
天边露出星月
数一数
一颗　两颗……

（2013 - 12 - 03）

孤　岛

一座孤岛
把孤星挂在眉梢
一生一世揽着风云
每分每秒悲凉听涛
奔涌的热能冷却
根植于海不会动摇
原本火山之女
彩虹之桥
那么多珠泪
冷凝成海礁
横断巨石
问旧谙的风景还好
撕裂胸膛
看激越的心是否还跳
种子破壳

嫩芽无处落脚
鸥鸟停泊
咸涩浸透羽毛
夜与夜不再对话
梦与梦不再相交
春月下无数低徊的呼唤
也逃之夭夭

谢绝筑一座航标
煮热深海寂寥
只等天边太阳
灿然多情一笑

(2013-11-29)

喜　鹊

奔忙在远古洪荒
传信于太阳月亮
不去衔金色喜帖
背弃地狱和天堂

别过上帝
别过天堂鸟的神光
换一身肃穆
落脚最粗陋的树杈
最简朴的柳杨
桩桩喜讯由此出发
拔节于清泠泠的山水
相爱人心上

孩子喊你快乐
老人称你吉祥

男人夸你勇敢
女人赞你善良
黑白两色
你征服了人间所有的目光

早霞的灵性
太阳的金光
春雨的彩锦
冬雪的幕墙
集身你的暖巢
竟如神殿般漂亮

喜鹊，美丽的喜鹊
高贵的人间凤凰

（2013－11－23）

喜鹊（二）

几千年
穿梭人间报送喜乐
几万年
架鹊桥银河戏波
翎羽只有黑白两色
竟能剪碎所有沉重
驮那么多快乐
渔夫农妇孺子
街巷村落郊野
推开门窗
迎接响若银铃的歌

春来时你在
落雪后你不肯走
为草绿麦熟果甜
甚至不可战胜的冬夜
心中储存着那段不舍
恋恋不舍

在你弱小的躯体里
蕴涵了普世的悲悯
淡定的欣悦

有你就有希望
日子有暖有热
有你就有欣喜
银河清浅可涉
隔着天涯海角
纵使天高海阔
甜梦也要在你
粗砾的巢里做窝

一半给风
一半给雪

(2013-11-23)

草帽丢了

草帽丢了
在风里
在金子般的麦田浓缩
由青转黄的年轮
蹒跚于碾房蒙尘的老磨
日子的光影一点一点从箩中筛过
汗珠斑驳
泪珠苦涩

噢，草帽
我晴天遮阳
阴天挡雨的草帽
和故乡一起丢了
与故土融作一色

草帽丢了
在雨里
在如洗的碧空涅槃成
湿漉漉的圆月
难以连缀的思绪

晾在孤寂的午夜
在有梦的角落
悄然圆缺
每一分思念
都刻在月心
把圆满分割成弦月

噢，草帽
我繁华时阻止窥视
辉煌时抵制流言的草帽
和闹市一起丢了
与如火的爱一起冷却

我的草帽丢了
如飞出梦的蝴蝶
田野沟渠坟茔
都有她在远方唱歌
留下一处处伤感的诱惑

(2013-11-23)

简的诗

担　　水

担起水
其实是担起一条流动的河
前边叫日
后边叫月

担起水
其实是担起整个命运的莫测
左边是上帝
右边是佛陀

担起水
其实是担起全部的成功与悔过
前边叫丰碑
后边叫落寞

担起水
其实是担起眼泪的漩涡
左边是青青绿禾
右边是片片枯叶

担起水
其实是担起遥远的村落
挑起时沉重
放下时苦涩

日子一天天从指缝下落
不知所措

(2013-11-22)

忧 郁

忧郁的河
难倒映快乐
魔鬼的符咒
时光披枷戴锁
无法摆渡
这岸断桥
那岸化蝶
读不懂的画册
抽象着命运里的岁月

黯淡的天

难留住快乐
拨动云翳
没有太阳的光色
天堂与天堂的距离
上帝无解
东边多云
西侧落雪
天崩地裂间
有爱惊天动地一瞥

(2013 - 11 - 22)

简的诗

雨

藏在白云怀里撒娇
骑在乌云背上喊驾
在蓝天光洁的额头
留下一抹丹红的佛光
又在闪电的金箭上呐喊着长大

一种声音在渺渺间告诫
多美呀，干嘛要落下
粉骨碎身

你是否计算过
天与地的落差

那里不是家
却在苦恋她
片片青绿的草丛
雨顶着阳光发芽

(2013-11-21)

怀 亲

父亲最后一句话
是叫我名字
母亲最后一句话
是要回家
生命就这样轻盈落下
却摧毁了所有山脉
放开了所有河闸
被飞鸟驮走的清晨和黄昏
至今承受不住这简单的愿望
承受不住大雨滂沱
我泪如雨下

我的亲人走的太远了
像云雾中的紫薇花

我的亲人走的太远了
像大山中深埋的年华
我的亲人走的太远了
二十几年了书信还未曾到达
我的亲人走的太远了
我的心只能跪着和星辰对话

如果我真能找回家
你们在的方位
爸爸妈妈
可别不记得我
不记得我呀

(2013-11-21)

原始森林

洒满松花的山路
铺片片淡黄芬芳的云
嶙峋山石寻找千年光阴
青苔覆盖住层层年轮

多少次入梦
都不曾走进时光的厚重
不敢依偎
半开半掩的山门
斑驳的古松刺透苍穹
落一树星辰

万年青藤荡过
涤半世风尘
八千里的云月树下睡意正浓
千百年的显赫功名无踪可寻
卷一片晨雾
袖一方绿云
只有相思在原始状态下等待
绿过一春又是一春

(2013-11-20)

分　享

我与你分享快乐
在白云与青岚之间
我与你分享快乐
在老树与古藤之间
我与你分享快乐
在圆月与繁花之间
我与你分享快乐
在最古老的时空
与最现代的河流之间
我与你分享快乐
在天堂的窗口
与地狱的铁门之间

为一次这样的分享
苦修五百年
在彼岸的星月下
把每一滴碧血凝练成丹
终于求得上帝手中的彩练
我娉婷而来
在你遥遥的感知中
分享一个滴着幸福的团圆

(2013－11－20)

你是国王

你是国王
永远的国王
青葱的园圃里
每一朵玫瑰都向你开放
芬芳馥郁的夜晚
每一只夜莺都向你歌唱
风霜雨雪
阅读着你饱含风霜的故事
日月星辰臣服于书案
点亮不熄的神光
把灵动的四季收入典籍
你的快乐像风一样张扬

你是国王
永远的国王
抱朴守拙
坚守着心灵最自由的一方
智慧树结满长生的果实
大爱永远是不朽的天堂

叩问雾起雾落
阴晴圆缺
浓云退缩你如炬的目光
生命每一寸都不会迷失
忍辱负重是你奔放的坚强

你是国王
永远的国王
我是你丰腴的土地
殷实的粮仓
春天开放着无尽的华美
秋天收储住不绝的冬粮
每一条河流都追随你的影子
每一株细草都留恋你的光芒
流火雪暴中从不退缩半步
因为有你在
有你在她就不会荒凉

(2013-11-20)

青　鸟

从严冬飞到盛夏
又从清晨飞到
夜的边缘
只能背负着
命运赏赐的半个月亮
飞翔于明灭的罅隙
海水与天火之间
为求一次圆满啊
用心点亮一盏佛灯

五彩羽燃作香烛
祭祀于天地轮回面前
求一条天路
佛说去吧
做一枚青果
发芽于苦涩伴着甜蜜的地域
似是而非的时间

（2013-09-08）

胡　杨

死后也要问天
银河水何日注入沙滩
仙子在戈壁沐浴
彩衣挂满胡杨枝干
漫野沙金炫目
大漠醉舞婵娟

满眼是喷涌的绿
遍野是剔透的泉
五色腾飞的浪
百鸟鸣净的天
胡杨舞姿浪漫
纤纤玉手轻拨琴弦

驼峰涌着日出
古铃燃动炊烟
拥抱苍星凉月
翻起黄沙纪年
胡杨 我的胡杨

生命恒定戈壁沙滩
深深的根
坚韧的干
生一千年
守一千年
苦恋一千年
死一千年
苍凉一千年
不朽一千年

我的胡杨
我为你流泪
我为你滴血
我从你内心里长出
为你化作
一方青葱的披肩

(2012 - 02 - 17)

冰　川

冰冻亿万年
咬断苍茫破壳
伫立于上天恩赐的底色
莽莽的倚天石
擎着北斗起落
风飘雪裹
是我暖暖的围脖

只为惦记西湖那朵莲
那轮月

一生一世不变
一点一滴为你溶血
前世化掉双腿
今生溶断臂膊
化了一颗活鲜鲜的心
在淙淙水里跳跃
为你逐浪戏波

（2012-02-17）

简的诗

泰 山

山生雾里
云长路边
箱子锁旧的梦
涤去霉斑
晒在临日岩
打开胸臆
就是一个完整的春天

草儿举起朝圣幡
泉流动醒世箴言
信徒虔诚匍匐
香火袅袅上天
穿越古今
神佛眨眼
时空里盛衰同转
转瞬千载万年

踏上南天门的石阶
天堂却不在眼前
荏苒的光阴里
还需等几生几世

何月何年
门前一张摄影
满眼都是茫然
天街的灯照亮
银河两岸
是亮在清晨
还是亮在夜晚

山歌在篮子里乱窜
伸出鹅黄的容颜
要喊就放声大喊
震醒整个泰山
要生就绽放生命
绿透大地河川

月滚圆脚下千年古道
霞映红头顶万世灵泉
挑山人挑着清风
挑着六朝古迹下山

(2012-02-16)

明前茶

吸纳严冬的苦寒
膨胀生命的本原
赶在清明节的前夜
兴冲冲释放美艳

你昼夜策马扬鞭
跨虹桥越出山涧
把最纯最亮的雨丝
挂在我家护栏

世界漾满新绿
天地浸透甘甜
太阳携来月亮
共赴前世安排的
一场会见

前世曾讨过你一碗水
今生注定把叶脉的苦涩

全都炒成甘甜
三千弱水
只取一瓢
在等待中翻滚
在祈盼里熬煎
凝炼我的真诚
等待君细细品鉴

新茶煮透
良宵更残
君快些策马加鞭
我在月圆的山边
浴透春的茶园
清清茶香
陪你静静一晚

(2012－02－14)

笋

深土下
经历过夜的前身
满涵青嫩
掰作太阳的光晕
美妙藏于青枝绿叶后的方寸
一不小心穿上绿裙
舞姿曼妙绝伦

虹挂在梢头

叶舒展十分
雨滴坠落
惊动一地芳魂

坚毅的行者走过
已是春分

(2012-02-13)

天青釉壶

雨后天青的颜色
云在壶内翻煮
隔了几家朝堂歌舞
谁执你进进出出

梨花满树
盘桓茶乡带歌的轻雾
盈盈舞姿
步于月的琴柱
生凉的棋子
与棋盘心语低诉
雨剪下泛明的天色

光泽滢滢楚楚
珠泪滚落的尺素
被你暖暖的茶香收储

不知陪你的女子
今在何处
你美丽的梦
在罗扇下香尘已驻
无法考证的故事
该在风的前头倾诉

(2012 - 02 - 13)

简的诗

故 乡

在栀子花的烟尘中
寻找故乡
雨下得很紧
泪流得很长
打湿的马车
装了太多的孤独流浪

宁静的故乡
风和日丽在枝头绽放
缝补着异域的百孔千疮
一方云裁成梦想

低垂雨后的辉煌
银河水浇绿茁壮
天街灯亮在路旁
阡陌的通道
铺满蒲公英的鹅黄

飘逸的故乡
我在地上
你在天堂

(2012 - 02 - 12)

悲 伤

春的目光
把你打造成一方梦想
沿书里的文字走去
背影没有情殇
红霞吐艳
露珠滴落的音域
箫歌轻扬

夏天
容我遥远的雾里畅想
一条蓝丝带捆住月亮

捆住思索的时光
紫丁香凋谢了
扫不完幽香

把一方清愁缝补在天上
去晒日光
心老了
平淡得不再存悲伤

(2012－02－12)

日　子

尘封着蜷缩着
像匣子里的干花
贮藏余香
期待雨季
有碧绿鼓胀
给万紫千红一个舞场

时间分割出静默的时段
每一寸日影
刻上孤独的墙
思念透过目光

落到海上
岛屿的白鸥是否在翔
风的轮子转的太快
追逐泛愁的方向

日子逐一贴上标签
标出一排希望
你是不是已经出发
就在路上

(2012-02-11)

浪涛与礁石

静静地环绕
单纯得只唱歌谣
我是细细碎碎阳光里
大海神经的末梢
上天抛下符咒
忘了蔚蓝
忘了逍遥

你深情的长臂
挽住一层又一层海涛
深深的吻痕
在碧蓝的长袖里飘
把满船满船的梦
送到没有灯亮的海角

乌云中
我是狂风卷起的天骄
白色的火焰冲腾
水在礁石上燃烧

心摔成碎片
玉和石就重新锻造
不灭的爱恋
闪在苍穹的眉梢

风静后
你的厚重不曾动摇
把水渍伤痕整理好
依旧挂着宽容的笑
坚实的心沉进波涛
每一条水纹线
都是爱和爱的祈祷

时空早已凝固
海涛和礁石
一直相拥相恋
相守到老

(2012 - 02 - 12)

简的诗

季节的驿动

季节在驿动
轻舞红绫
冬把雪交给春
又把姹紫嫣红举过头顶
一个融化的冬季
在太阳下滢滢闪动

心绪发潮
不知如何播种
丢进风里的拼图
该在春天完成

弯月早注满琼浆
醉了银河的船工
相思的字幕
在季节边缘不停滚动

多好的一个月份
山静 水静
梦醒了又睡
诗醉了又醒

(2012 – 02 – 11)

航 向

为你
我不断调整航向
用短暂的生命导航
装满鲜润的灵感
载上珍藏的情思
为早春剪裁锦衣
为暗夜洒满星光
耗尽心力避过暗礁
拼出生命劈开险浪

没有目标的终点
没有航标的远航
冰冷的浪花起舞
咸涩的海风歌唱
海鸟剪水
鱼儿逐浪
隐隐的沉雷闷响
撞击我
还不够坚实的胸膛

撕碎大海的蓝锦
梦回故乡

多少次苦苦寻你
种下笔直的凄凉
捧着月亮
装着太阳
拖着混沌的时光
裹着隐隐作痛的心脏
摔断肋骨
不曾彷徨
播洒深深的眷恋
暖润宽厚的海洋

当春天在甲板
长出新绿
当天使张开翅膀
打开天窗
我该进入梦乡
在古寺小路信步
在冰川之巅徜徉
暖暖的风停下脚步
听我笑声朗朗

(2012 - 02 - 10)

简的诗

心　事

我的心事
总和你有关
像丝 像茧
像驱不散的薄雾
像长满星星草的园
总有幻化的美丽
蜕变的庄严

你来时
心事是一片书签
隐进书页
暂存书案
阳光的裙摆弹起夜曲
月晕的暗香拨动笑靥
枝头新叶初绽
翠绿滴透春园
我青青的心事
都隔在小河右岸

你走时
心事是大海的碎片
涛声飘渺
波光虚幻
月色搁浅
远航无帆
怅惘笼罩遥遥海岸
无力缝补的湛蓝

想你心事是雨
生长料峭春寒
盼你心事是云
艰难孕育明天
心事总随你无端变迁
在月影下摇曳着斑斓
折磨人的时间
碎人心的思念

(2012-02-09)

悟

青烟缭绕佛堂
祭祀火烹羔羊
无力透视黑暗
祖祖辈辈礼拜迷茫

生死
重合于一个圆点
生命既是摇篮
又是墓场

智慧的光升上桅杆
痛苦的泪落在地上
孤独面壁
心窍豁然开朗
哭着来到世上

笑着拭去悲伤
活着品透苦乐
死去何言凄惶

在铁匣子里恹恹昏睡
有梦也不能尽赏天光
有问天的质疑
才有和上帝论道的鸿章
既然父母给了我生命
就必须敬畏
挺过炼狱的撕裂
或许就是重生的天堂

(2012－02－06)

老榆树

家乡的老榆树
老了
老得那样苍凉
老得像先祖的烟袋
泛着油光
老得喜鹊不再做窝
鸟儿无心鸣唱
紧连的儿时的草房
也丢失了
隔了太厚的雾霾
蒙了太重的苦霜

骨骼搭起了路
根脉挽成了墙
虬结无数苦难
却蜿蜒着梦的方向
长在干旱的顶尖

年年总苦发新绿
为爱泛起阳光
远离清澈的池塘
岁岁仍串起榆钱
挂上祈福的希望
为梦想收储着
一点一点的星光

老榆树老了
繁茂在记忆里游荡
打磨厚重的年轮
驮着故乡的沧桑
鼓胀稀疏的新叶
迎接天边挤出云层
皎洁的月亮

(2012 - 02 - 06)

春之魂

九歌里出落的星辰
红霞中带露的花魂
美丽的花冠
束起你的清纯
叮咚的山泉
伴你银铃般的足音
大山的女儿
有谁配做你的爱人

昨晚乞求了一夜
朗朗圆月做就车轮
前日编织了一天
馥郁香草结成拂尘
心绪是飘飞的旗帜
笑靥薰醉了丛林

大森林的女儿
急着去见久别的恋人

山顶凝眸
水畔逡巡
焦急的渴盼
渐渐浸透了黄昏
急雨打湿你
鲜花做的衣裙
思念开在雨夜
鲜翠清新 倾倒山神
大自然的女儿
谁能温暖你的芳心

(2012－02－06)

简的诗

狐

在千年的落叶间
梦也堆积千年
只为古桥千年一见
苦难中苦修千年

美丽于美丽的聊斋
轻灵于轻灵的夜晚
古桥刻下的种种箴言
乞求你能看见

挥来爽净的风
舞动飘逸的雪
衣袂划过星光的弧线
我存在于你

最朦胧的时间

为躲一次天谴
守几世诺言
古桥边等待
捧着心为你点燃

请梅花为雪
约青竹做伴
燃心香祭祀天地

赐下一瞬
容我把故事讲完

(2012-02-06)

鸿 雁

顶着月亮飞翔
影子不再孤单
每一根神经
每一根翎羽
都镶着圣洁的光环
披满洁净的灿烂
你这纯洁的天使
拼死力难以撞碎黑暗
再无力回到上帝庭院
宁愿以灵魂祭祀
滴血的伊甸园

熟睡了 快乐的鸿雁
在海天不接的沙滩
长颈上有明月编织的花环
串起泪珠儿点点
浪花儿亲吻着你的梦魇
晚霞染红了微风
吟咏着伴你安眠
你的翅膀再无羁绊
穿越春夏秋冬
翱翔于今世史前

(2012-01-19)

简的诗

风·风铃

想风声 想滴答的雨声
想风儿摇动风铃
轻灵却难觅影踪
聆听心脏撞击的回声
黄钟大吕沙场鏖兵
幽幽私语神秘空灵
细品人的生命
难道是一个被逐渐淡忘
和消失的过程

雨霖铃会响吗
住在词牌里的柳永
沐着杨柳岸晓风
恨怨兰舟催发
慨叹残月酒醒
躲不开的红尘宿命

想天空 想厚厚的云层
想鸽哨划动
听晴空雷鸣
探究一个人的灵魂

该经历被反复撕裂
再一次次缝补的剧痛
生命的感动
似有形却也无形

问一句
衰老的风车会响吗
住在转轮里的日子
会不会从容淡定
真怕怀旧的文字
明灭于瞬间流星
摆不脱的重重缧绁
怎堪渺渺的旅程

风儿摇动风铃
源于远山拂动的橘红
约定是等待的时光
想留住匆匆的晨风

(2012-01-19)

玫　瑰

上帝的后花园
有仙子们漂泊的
一组五彩梦境
散落晶莹的银河
同星星一道旅行
被浪花无意间溅入夜空
你就把名字借给
世间的情人
化作绵绵雨丝
尽管降下的
不仅仅是爱情

你的枝叶融入大地
奋力孕育着勃勃新生
幸福的馨香醉人心性
甜蜜的色彩绚丽葱茏
书籍柔软着芬芳

诗歌放飞光明
贫穷黯淡了富贵
热血稀释了战争
于是 你的夺人魅力
与上帝的慈爱同行

攘攘人世
南北西东
每一个生命的十字路口
都舞着你这迷人的精灵
抚慰着滴血的伤口
燃烧着生命的激情
即使你默默地凋零
也只是在夜空里
一次短暂的休整

(2012-01-19)

紫丁香

郁结了几世
才有这苦涩忧郁的香
奈何桥畔
揉碎几生叶脉
朦胧的绿云
才落在人间大地上

你在故乡含着泪
撞击着流浪的胸膛
相思是紫色的影
被命运拉得悠长
乡愁是绿色的浪
载亲情浓烈异乡
乡恋是摇曳的光
被思绪漫起
负载过重的月亮

在溪畔在桥头
在沟壑在路旁
在城市在村庄
在荒凉的坟冢

在旅人的心头
你都能分拣出
不同的阳光

你的爱单薄
却有着移山填海的力量
你的情单一
却系着地老天荒
贯穿起今生来世
历百劫而不彷徨

你的痛只属于自己
夜晚吐露芬芳
重重叠叠的幽香
放牧于黑蓝的天光
花儿开在
有情人心头
笑着迎接
迟到的朝阳

(2012 - 01 - 17)

小　年

时间走进明天
日子住在今天
或今天的从前
太阳是一枚橄榄果
斜斜挡在
现在未来之间

混浊的大气
在味觉之间弥漫
灰色的天气转暗
漂浮着噪音的海
泛起安静泡沫
缺失了星星
辨不出是苦是酸

天上的门敞开
零星的雪飘着柔软
一缕风溜出来
徜徉于时光的清冷
灯火的黯然

祭灶的轻烟
从千万家门缝里挤出
恣意飘散
祖祖辈辈重复着
日子岁岁年年

打理未来
眼泪织出硬壳的茧
心不再流离失所
上帝恩赐流年
该不会偏离子午线

生命里处处驿站
小年后就是大年
天地翻覆　时过境迁
千百年后谁能听到
今夕的一声轻叹

(2012－01－17)

桥

在桥上擦肩
就成了相互的彼岸
回眸卷起的波澜
系在桥的两端
时间揖别
思念却在桥墩打旋
风吹 雨打 日晒
斑驳了五百年

思念攀上护栏
潮水涌满桥面
盈盈中悟到
前世欠你一株睡莲
星儿在天空眨眼
月光洒了一遍又一遍
保留永远的回归线
同枕细浪入眠
心被美丽装满

微笑了五百年

生命圆寂
桥成了苦难的根源
靠记忆修补
裂痕石缝
水纹交叉于
相逢的瞬间
承受思念洞穿的痛苦
达摩面壁 神佛睁眼
含泪了五百年

也许还要千年
胸膛挺作高山
彼岸即是此岸
桥也飘在云间

(2012-01-13)

过年了

家家团团围坐
围着珍馐错落
围着祝福的快乐
一盏盏彩灯点燃
点燃每一个星座
点燃富贵的诱惑

一头羸弱的老牛
卧在数九的夜色
在星星下反刍
品味命运的苦涩
干草的味道
是一种由青转黄的没落
从水嫩到衰老的深刻
而星星呢
是任劳任怨劳作后
灵魂的闪烁
天籁的挽歌

拉一年犁了
身上凸显骨骼
心头布满沟壑
眼里或清或浊的泪落
背负或粗或细的缧索

嚼着津津无味的唾沫

其实 过年了
只是把日历撕成梨花
把时间凝成白雪
一切富贵贫寒
悲欢离合
都会被画轴卷起
静静堆在角落

其实 过年了
风霜不该染白日月
微笑不该闪着苦涩
灵魂不该带着枷锁
年轮不该覆压积雪

其实 过年了
该许下美好的祈愿
尽管心停留在
闪闪霓虹的暗影
却溢满圣水
不会再感到落寞

(2012 - 01 - 10)

金色池塘

从容波澜不惊
倒映出金色天空
依偎着 垂钓
生活最美的过程
黄昏来临
黑夜还没上升
凝重牵手
相视一笑
是金子雕塑的背影

阖上诗集最后一页
郑重签名
没有惶惑
也不再心疼
封底落锁
锁住珍藏的从容
相约晚风作伴
相约暗夜同行
生命开始新的旅程

岁月宣告美丽启动

我不是畏寒的柳
你却像傲霜的松
热烈燃尽
谁能把灰烬分清
我们牵住手
暗夜中照样
催绿吐红

明晨的池塘
属于另一户人家
别一番风景
冥冥中开始
另一种里程
或有新的感动

(2012-01-10)

诗　　经

撒一路蒹葭
带一路青葱
催一路光华
留一路繁星
是春水桃红
是至爱情浓
是云蒸霞蔚
是清荷素菱

铭于碑铸于鼎
三千年的骨风
在曼妙的村歌里
在祭祀的烟火中
在童稚的梦幻呢喃
在恋人的爱河畅泳
在诗的根系里
飞升为图腾

赶着一个又一个
采诗的季节
沿着泥土的香气而行
每一条新起的垄上

都滚落出阳光
珠圆玉润的身影
一只木桃
一尾彤管
都欢跳着青春的朦胧

岩画上采集火种
温热每一觞每一羹
点亮每一溪每一径
从诗经里走来
在竹简的浮桥上
生命开始踏歌而行

叩响午夜的门楣
就叩响亘古未变的诗经
叩响自然的恩宠
就叩响上苍智慧的心灵
飘忽于西　飘忽于东
穿过时光隧道
永存于不灭的生灵

(2012－01－08)

简的诗

迷 路

找不到你时
我迷了路
黑暗幽深的林
盼不到日出
转不动山水
寻不见地图
眼泪早已干枯

殷红的血滴入土
随雨泛起青藤
伴风长出蘑菇
平庸得不能再平庸
清素得不能再清素
心的路标
腐朽于季节的严酷

找不到你时

我迷了路
时断时续的山崖
隔了几层雾
千年轮回中
又错过那棵小树
无泪的痛楚
生命难觅归途

随云拨开天幕
伴雨越过飞瀑
找回遗失的尺素
拥抱标记的松树
沿着坎坷山路
远远地听见了
你的脚步

(2012－01－08)

水

题记:上善若水,利万物而不争。

无形 无状 无羁 无求
在最低处却映着
最高处的蓝天
含着灿烂的太阳
从不收敛水性的风流
在历史长河奔涌
兴衰装在船头
千古流淌 载舟覆舟

把自己分割为涓涓细流
绕出山的奇秀
把自己断作幽深的湖泊
灵动着淡蓝的星球
雪山的雪 冰川的冰
都是你啊
是你灵魂的剔透
是你的前生今世
是你生命的光华
无止无休
人云上善若水

其实大爱无求

海纳百川无暇回首
江河永不疲惫日夜奔流
春雨温柔润泽土地
露珠晶莹新苗吐秀
泪水诉情 热血澎湃
苦乐人生 水韵春秋
就连污水也很高贵
是你洁净万物后
浊泪的回流

上善若水啊
你不该只润泽
荒滩沙丘
你该暖暖滋润
离人的心头

(2012-01-03)

月光谷

永远恒定于一个日子
月光照亮归期
金色桨荡出金色涟漪
从谷底深深漫起
若歌 若谜
轮回着幻灭幻起

永远恒定于一个记忆
月光弹奏舞曲
快乐包容生死的美丽
栀子花别上夜的外衣
若止 若息
轮回着人间风雨

永远恒定于一个秘密
月光锁住沉寂
往事枝叶浸入水滴

晶莹着偷窥的雾气
若丝若缕
吟咏着生命气息

永远恒定于一句私语
月光难散隔世迷离
无数色彩相聚
碎碎的水晶
若诉 若泣
轮回着梦外梦里

月光谷
生命悬于山峰
明月升于谷底

(2012-01-03)

鸟化石

本该在树枝一展歌喉
本该在蓝天展翅
一显飞翔的自由
本该拥有一个春季的快乐
本该等待明月朗照
鸣蝉的守候
本该属于一个
能盛住甜梦的鸟巢
本该在轻柔的晨风中
寻求配偶

可你却被宿命戏耍
瞬间化成一片石头
在沉沉的黑暗中
被挤压了不知多少个世纪
你无声无息
默默承受

你这历史的石头
冷酷得令人发抖
一个更冷酷的声音
把你的冷酷穿透
成了化石就能永久
永久永久地存留

我的心在悸抖
找不到任何语言
向你问候
我温热的泪润湿你
却不能一触你
羽毛的温柔

不知发生了什么
你无力承受
也不知为了什么
没冲出上帝的窗口
是难以摆脱的宿命
无法吐露的诉求
你只能在时光里
留下印记
却不再开口

雨已不再下
血也不再流
就在石片中休息吧
你能不能告诉我
谁是你的密友

(2012-01-03)

简的诗

时　间

上帝总是不安分地
把时间的表针
拨快或调慢
有时历史薄如蝉翼
简单得是一则寓言
有时万象迷乱
像化学分子
须一点一点破解试验
消弭浩淼云烟

离别被调得漫长
要查天河的星座
森森瀚瀚
要做呆傻的春蚕
吐丝 结茧
织成相见的帆
把一辈子的力气
毫不吝啬 拼尽耗完

杀戮被调得简单
儒生尸首未寒
奴隶的层层白骨
不经意间堆成祭坛
"小男孩"轻轻一闪

无数甜甜的春梦
顷刻幻灭 化作泪泉

请把我的时间调得复杂
我情愿是一支钢钻
被火山溶解
被地壳挤压
在生与死之间挣扎
哪怕千载万年

请把我的时间调得简单
我情愿回到史前
从单细胞开始
从冰河期迁延
陶罐接住第一滴雨水
滋生出不朽的信念

哦 请原谅我的混乱
因为日子说不清滋味
自酿的老酒
品不出苦甜

(2012-01-02)

斟　　满

斟满花的颜色
斟满雪的思念
斟满天涯的月光
斟满海角的夜晚

斟满浓郁的昨天
斟满清爽的新年
斟满天南地北的相约
斟满苦涩甘甜的纪念

让我们一起把一切
把世界斟满

饮吧 像饮潮汐
像饮海天
醉了昨岁
醉了今天

让浓烈的继续浓烈
平淡的延续平淡
经过千古万世
天地总会相合
一切都可改变

举杯畅饮
为了穿旧的布衫
为了久别的书签
为了太晚的相逢
为了蹉跎的从前
毕竟在我们自己的时空
其实相识不算太晚

(2012-01-01)

简的诗

褒姒

你的笑在烽火的顶尖
开得依旧如桃花灿烂
你的笑在是是非非间沉浮
美得似梨花带雨般凄婉

是清愁 是乡恋
是久别了父老挂牵
是委屈怨恨无法遮掩
只有在高高的烽火台上
才能把满脸的泪痕
和久久的悒郁点燃

你只是率性一笑
生命坠入炼狱
乾坤颠倒震颤
君王跌入尘埃
诸侯刀兵相见
历史揭开血淋淋的轴卷

你只是平常一笑
居然被固定成一则典故
一篇寓言

狐媚 惑乱
冰冷的臆造
残忍的推断
你的笑泪痕不干
千古凄然

你纤细的玉体
能撑起沉重的历史吗
你单纯的性情
如何承受千古的责难
透过三千年时光隧道
似曾见你眸子里
无奈的哀怨

碾过一方方尘土
政权的更迭
是虐杀攫取的开篇
解剖年轮的书卷
朝代的兴衰
是争战杀伐的秘函

褒姒一笑失天下

何等无稽 何等荒诞

你的笑该是
春风荡过历史长河
扑朔迷离 若隐若现
你的笑该是

阳光飞旋的清晨
姹紫嫣红的美艳
本真天然

(2012-01-01)

月　芽

在窗子上剪出重影
与冰花同行
如白雾 金风
三弯如眉的新月
投在夜的波谷波峰
一弯盛着相思
一弯飘若风筝
一弯闪于深海的航标灯

奇异的美丽
是上帝遗失的笑容
含着夜的生命
含着海的憧憬

含着独有的风华
深深依恋的浓情
跻身浩瀚的繁星

三弯美丽的月芽
多雨 多诗 多情
甜蜜着我的春梦
月牙儿脉脉转动
生成三轮明月
高挂在朗净的夜空

(2011-12-30)

简的诗

今 夜

夜与月交叉在树影
把不能承受的哀痛
在今晚的窗棂
冷却成冰
思念的炉火熊熊
可惜找不到新茶
难温润你喝惯的茶盅

眼泪 思绪 灵感
莫名的隐隐作痛
一切的一切都在
幻象与幻象之间巡行
寂寞裹着寂寞
绕成无形的樊笼

生命若是可开采的煤层
情愿倾其所有
化作无尽的热能
点亮世间每一盏灯
人世间不再有阴影
相思不再孤独前行

梦里为你斟酒饯行
杯里满是寒冰
恍然间迷梦惊醒
好一道难解的方程
我是你碎裂的前世里
碎玉覆盖的深冬

(2011-12-30)

窗　外

谁家的太阳
明亮着谁家
春风倦怠的清晨
谁家的冷雨
滴落于谁家
梅花苦吟的黄昏
心绪飘摇无处生根
是天上挂的泪痕
屋内时间很冷
窗外日子很沉

没有边际的梦
落进海里
苦恋着星的划痕
生命的皱褶
无处熨烫

清醒于午夜时分

日子熬煮着
在瓦罐里蒸腾
蒸腾出坚韧
茶砖发酵着
在铜壶中提纯
提纯着芳芬

散乱的思绪
从窗子里放牧
天涯传来足音
谁在外边敲门

(2011-12-30)

简的诗

父　祭

爸爸　你走了
走得如此匆忙
走得如此凄凉
连一句话也没落在地上

也许厌弃了金戈铁马
放弃抵抗
像狂风里的一片雪
被轻轻抛到
地图上无法找到的异乡
上帝拥有了你
战火中走出的军人
并不都是迷途的羔羊

爸爸　我怎么会不知道
是战争摧毁了你
是生活分割了你
是连年的饥馑
让你顶不起岁月
沉重的屋梁

就这样放弃了父亲权利
不再喊声姑娘

我只能在门里流泪
看你投进黑暗
投进熊熊火光
粗糙的喘息沉闷的咳嗽
像是在寒风里咏唱

多少次转到
转到你离开的地方
多少次抓到
抓到你转身的时光
只想听一次
口琴伴奏的小合唱
只想让你养的鸟儿
叫醒一次太阳

今晚的心泊在雪野
你的皱纹也刻上我的面庞
不敢打扰你
打扰你的梦乡
怕你用弹痕累累的胸脯
再为我挡一次袭来的风霜

(2011-12-26)

随你去西方

我随你去西方
回到亘古未变的城墙
菩提树下
拾起夕阳
把路上的雨雪酿作琼浆

我的白发变成金色
变成命运的辉煌
你的胸膛仍旧强壮
比任何森林都宽敞
年轻的心鲜活着
再无遮挡

我们读书

读过去 读不堪回首的月亮
我们种禾
种溪水 种太阳
也把灵魂栽入地上

成片成片的快乐
就漫过墓墙
漫过死亡
漫过所有的海洋
我不再含泪写你
只想醉影里笑舞霓裳

(2011 - 12 - 26)

简的诗

纸　　船

混沌中结识了你
结识了太阳的召唤
你手中的金风车
转动出我的白天
通过痛苦黑暗的甬道
我会不会忘了懵懂的誓言
和你送的纸船

路遇时已是春晚
归来后星云漫天
日历枯萎着枯黄的叶片
美丽的纸船
在礁石缝隙搁浅

日子的苹果树

青涩溢满
清霜敷着微寒
似曾相识的梦
埋入荒冢与荒冢之间
忘却飘散成祭祀的青烟

我已不再是我
生命无法还原
痛已不再是痛了
干涸的水面失去蓝天
只求风雨打湿的路上
再送我一只纸船

(2011-12-26)

圣 诞

请带我到空旷的城墙
请带我寻荒芜的能量
请带我走地狱的通道
请带我去圣歌流动的教堂
离开霓虹喧嚣的夜
离开水晶灯的卖场
跳动的心脏中
升起一轮血红的太阳

假装纯洁的雪
紧紧拥挤着
暗藏威慑力量
说皈依不够明亮
既诞生了受苦受难的月亮
你宽厚的笑容就该剥去

世上最残忍的伪装

告诉我
生会不会漫长
死会不会忧伤
诗会不会死在诗人心里
四季的排序是不是都在你手上
不去借翅膀飞向天堂
青春的红头绳晾在路上

圣诞了
为什么只出租结果
不预支希望

(2011-12-24)

思　　想

寒冬的树杈
栖着思想
不会远飞的乌鸦
冻僵
风宣传着自己的主张
命运交叉的小路
东突西撞
生命如网

书籍是对偶婚
裹挟着向上
标注出孤独
和解剖死亡的力量
还有在浴火中
涅槃的凤凰

先知的笑很凉
能触及月亮
谎言不是理论
喧嚣不是思想
地狱的火烧焦太阳
梦情愿背弃天堂
对人类伟大苦难的承担
才升华庄严的思想

世上最明晰的思辨
不是来自上帝的睿智
而是源自他的慈祥
包容万物的雅量

(2011-12-24)

海　岸

淡黄的沙滩
飘逸的蓝缎
包裹灵魂最相思的一天
椰风柔软
贝壳散乱
弹起琴弦

从近端的辽远
浪花抹掉诗行
声音响在涛间

风扯断红丝线
锚抛在沉重的从前
往事飘摇天空
窥视包罗万象的世间
出发和到达之间
有颗心在远处焚燃
死亡通过太阳的边缘
在海岸留下弹孔
收容残缺的凄然

（2011-12-22）

岁　末

时间用尺子
丈量生命的颜色
青绿排挨到枯黄
浓黑飞扬至灰白
又到年底岁末
热能集中淬火

周身驱不散的寒气
一半来自雪墙的高度
一半来自暮色的狂野
寒冷在经纬度上
无形肆虐
短兵相接

饱满未曾饱满
错过了热烈
思念未了思念
忘却了岁月
缺憾进逼缺憾
绞断了经络
一台老旧的复印机
拆了又装装了又卸
诗稿散乱在砧上
无人打磨恣意零落

(2011-12-22)

诗人之死

死亡灼伤诗页
高昂的头颅
带走智慧
和智慧流出的寂寞
云低垂于诗的灵幔
漫天飞舞心的纸屑

蓝天不再透明
大漠不再宽阔
春天不再开花
秋天不再落叶
时间的隧道突然定格
无法完成超越

真不知道是怎样的一个早晨

天亮了星星仍在闪烁
真不知道是怎样一个夜晚
天黑了太阳依旧如血
停滞的小溪边
日子刚把脸洗过
就这样匆匆走了
来不及道别

清冷的墓碑旁
谁会苦苦等待
守一万个寂寞
看诗集泛出月色

(2011 - 12 - 22)

简的诗

老房子

沿着时光的标注
可以看到饥馑的菜园
老房子 太老了
老得失去血气
老得只有底片
老得肺有锣音
风在气喘
老得与病态的往事粘连

裂缝蛰伏着油灯的夜晚
土坯砌上辛苦和寒酸
每一块跌落的墙皮

摔碎的土片
都有日子躲躲闪闪

上帝一只眼睛看着你
一只瞄着彼岸
魔法从暮色召唤众多细节
告诫 信仰与痛苦无关
一首老歌早被压成
黑色唱片
老房子就活在其间

(2011-12-20)

湿　　地

几百年几千年飘来的沉寂
几万年几亿年留下的秘密
太阳淬火时
雾气从圆心荡起
船不去歌
桨不去摇
飞鸟也不随意轻啼
水草收拢黄昏信息
芦花飘去
并无伊人应答的歌曲
锦鱼跃动
并无渔夫投下欣喜
春秋更替

脉脉携着风雨

别牵动原始的木犁
一盏油灯
也会心慌意乱
失去自然的绰约
迷失自己
既然来自大自然的神力
就该默默归属上帝
快乐得从生到死
没有神话的预期

(2011-12-20)

简的诗

思　绪

灰白色的屋子里
思绪是一头野狼
贪婪的目光
四处撞墙
窜进荒原

偶尔又误入熊的冬仓
到风雪纠集的山岗
去狂舞 去歌唱
去失落 去流浪
不再东躲西藏

我的思绪长不成丛林
时常没有方向
我的眼泪落不进海洋
总是缺少导航

我的心灵一直残缺
不会自由飞翔
我的勇敢撞击不了胸膛
怯懦刻在灵魂之上

无法参悟生死的距离
无力阻断命运的能量
盼光的利箭
刺透黑色的彷徨
效先知
坐在树下
安然地剪裁思想

（2011－12－20）

冬　　至

最寒冷的日子
阳光也开始拉长
水滴在时间上
把表针冻僵
白天最短的时分
该天明了
却总有月亮

赖在床上
用电热毯的温度包裹梦乡
思念的平行线
穿越黎明的目光

最终落入海洋
早知那是心陨落的地方

青翠开始敲门
春反复测量方向
万斗米中我只取一觞
星星跌落在叶片
瞬间解除武装
再不怕冬至飞短流长

(2011-12-18)

简的诗

腌 菜

几经泡煮
几经渍腌
把根茎 果实 枝叶 青翠
留给青黄不接的时间
每一次盐浸
都是命运最深的体验
每一回发酵
都有生命投影的灵感
性情的改变

盛碗白粥
就同清香的稻禾相伴
端碟馒头
就和麦菽的精华团圆
假如有盘热腾腾的肉
咸香美美留在唇齿之间

长久得不能再长久
平凡得不能再平凡
原始得不能再原始
简单得不能再简单
在风雪扫清所有绿色时
你才被请上台面
陪人们一日三餐

阳光把一切美丽甘甜
送到世间
你却躲在坛子里熟睡
一睡就是数月经年

(2011-12-18)

金字塔

守住灵魂的天堂
守不住陋室冷窗
守住权杖的冷酷
守不住纯情善良
生死都想住天堂
上帝却不会为你插上翅膀

渴望永生
却无法买断死亡
昔日的辉煌
最终也只能面对
石砌的凄凉

只有智慧的工匠
用生命创造着辉煌

闪着亮 透着光
一块块迭加着
一层层增递着
问鼎天的苍茫

人面狮身的威严
空占世纪风霜
救赎的脚步
无法逃脱冰冷的墓墙
夕阳早已一点一点
磨损了你的高度
黄昏里的金字塔
影子拖出老长老长

(2011 - 12 - 18)

简的诗

日记（一）

把每一天每一天
都装订成日记
生活的铜铃
就从这边传到那边
清脆了荒漠的边际

翻动你就有绿禾生长
炊烟四起
就有星河璀璨
月色如洗
就有最简洁平实的日子
无处不在的心绪
就有天籁之音传递
和弦骤起

悲怆扬你向天空
洒下漫天星雨
思念编你为巨网

挽住时空距离
疲惫时流你作清泉
欢快时载你远去

于是 一天天厚重
无论是天是地
都扛你不起

当历史冷漠成石碑
刻满篆字
日记就是一汪故事
风来顾影 雨来听趣
无论悲痛或快乐的生命
都冷凝成一页
想你的日记

(2011-12-14)

埙

七千年前的商地
和着呢喃燕语
和着青铜器的撞击
一只远古带孔的陶罐
风把忧伤荡涤
哀婉从空中响起
于是有了你
关于埙的记忆

星月秀美的河畔
你用旋律
把低垂的云与梦合在一起
变身于大漠中飞天欢快舞步
手上的箫笛

管弦 唢呐 甚至冲锋的号子
都是你吗

简陋平实的躯体
单纯低沉的音域
却让血溅于天
风伏于地
你永远不会溘然长逝
留下边走边听的往昔
吹起你
就拂动了历史的飘逸长须

(2011-12-17)

流浪者

你是一个地道的流浪者
只要脚下还有土地
你的流浪就不会停息
装进行囊的
不止是已旧的单衣
还有月亮和几声鸡啼
酽霜轻覆着脚迹

你是一个坚韧的流浪者
今天背负重雾
明天担着风雨
道路多泥泞 多坎坷
都会走到底
红土地 黄土地 黑土地
都有你疲惫的身躯
歌声让寂寞震撼
笑声把春天洗礼

你是一个温暖的流浪者
同山间的小溪做朋友
和松鼠一块淘气
为干渴的小鱼
竟挖渠引水
耽误了行期
你怀里揣着太阳
让每一个日子都流动暖意

你是一个智慧的流浪者
思想的自由飞旋于天地
升在旗杆的不止是灵魂
还有深深叩问的哲理
你拥有整个年轮
又划分出年轮明晰的四季
谁说你的流浪放浪不羁

(2011 - 12 - 17)

流 星

许身于苍茫的宇宙
就再不能回头
上帝关闭了所有的窗口
也不知亲人在哪儿为你守候
蕴藏着光 孕育着火
蕴涵着光年古老的春秋
美丽的弧光
划过期盼的眼眸
谁说你是双子座寂寞的石头

出征前就面临着毁灭
你被爱燃烧得太久
飞翔在无边的夜色
只为亲近蓝色星球
储存着山峰
储蓄着河流
储备着命运的丰厚
你的虔诚如新发的枝叶
绿在心头
谁说你是双子座寂寞的石头

乘上你闪光的小舟
一览茫茫宇宙
纵然瞬间毁灭
化作流星雨洒落在天的尽头
那该是何等潇洒
毕竟享受一次灵魂的自由

(2011－12－16)

简的诗

爱

谁把你点在眉间
是佛陀千世的爱怜
谁把你留在巫山
是神女不改的眷恋
谁把你拧上月的琴弦
是万马奔腾的草原
谁把你种在盈盈溪畔
是水草丰泽的期盼

汗珠晶莹的禾田
叠嶂连绵的群山
岚气休憩的峰谷
柴扉清寂的素院
你从过去走到未来
又从未来回到今天

哪怕在暗无边际

波涛汹涌的大海
也能划破所有的黑暗
撑起所有的危难
把启明星点燃
被上帝和阳光同时宠爱
才如此包容万物
气度非凡
横架于天地 生死之间

不敢说爱
真的不敢
为在途中相遇
我已寻觅千年万年
只想在沧桑的遮掩下
一睹你的容颜

(2011 - 12 - 16)

往　　事

暮色缠住钟声
谁把明月送给轻唱的夜莺
无论怎样悲哀
怎样伤痛
再大的波推浪涌
也是上帝眼中
一道简洁的风景
玉盘的青螺
月下透着晶莹
往事静默
无雨无风

在炉边烹茶
熬煮往事的过程
无论怎样淡定
怎样从容

苦涩中总有你清晰的身影
挥之不散的云
驱之不去的梦
伴着我甜甜的回味
又一次让时光葱茏

窗外浮云遮月
攫住我孤寂的魂灵
最后一片树叶凋落了
枯僵的枝条独舞朔风
我知道来春还有
生命的新绿
把严冬的往事尘封

(2011-12-16)

请求超度

我请求超度
请求佛的超度
只为来世是一棵树
删除悲欢的记录
不再跋涉所有长路

不是名贵的云杉
让云雀歌唱
风会折损高度
不是灵性的菩提
缺少智慧
难皈依伟大佛祖
成为最简单最质朴的树
无忧无喜 无欲无求

永远静默着伫立
却阅览风景无数
载走年华的车轮在身上记数
每一片叶子都落进泥土

不知是树成了我
还是我成了树
我不识前面该走不该走的路
就这样等待着
等待年年春风一度
为所有相爱的人
绿满全树

(2011-12-14)

梦

用梦的边缘触摸海的蔚蓝
是无休无止的思念
让浪花开成洁白的睡莲
也许梦中相见
天涯海角就不那么遥远

梦把月亮升上桅杆
把至爱挂满船舷
把每一点每一滴的细节
刻在航标的每一个地段
我忘了哭泣
贮满闪光的勇敢
只为和你相见
把心沉进梦

沉进海
沉进想你的夜晚
只求漂泊别太难
只求潮涌别太晚
只求梦醒别太早啊
只求带给你的热茶
别被海水搅咸

当太阳放飞灵感
给我又一个思念
盼着月亮再度降临
载我游向属于你的海岸

(2011 - 12 - 14)

日记（二）

薄薄的几页日记
却划出一生最深的痕迹
真不知在哪儿兀起
在哪儿栖息

惶惑中想飞翔
又漫无目的
几次想折成儿时的飞机

阴差阳错又锁进心里

回不到原来的我
也不是过去的你
早懒惰得无心打理
又盼在荒芜里长出新绿

(2011－12－17)

月　食

是伤心了吗
不忍看这痛彻心扉的离别
是流泪了吗
扯一块手帕
遮住美丽的皎洁
几千几万年了
你始终年轻的月色
演绎了多少圆缺
洇湿了多少寂寞

今夜的你是红色的
一轮红月亮啊
已再装不下
夏夜的妩媚
清韵的秋色

你的心在黄河里流动着
在大海里沉浮着
在山崖上高悬着
在岩画上铭刻着
你属于你自己
属于混沌初开的时节

我无法同你度过
生命的每一个细节
对你的痴恋停留在生死之间
最简短的一刻
前面有那么多
风雨交加的夜

(2011 - 12 - 12)

请为我珍重

请为我珍重
这话说了几世几代
我再重复未免雷同
可星云总在玄黄时碰撞
才有地球初始
洪荒奔腾
有了太阳照射月亮
有了先民踱着情感
用陶罐提着绿意
让秋波渐盈

请为我珍重
我只想向佛求
最简洁的一生
就简单成一管凤尾竹吧
头上顶着至爱
心里储藏真诚

阳起时欣欣向荣
月来时起舞弄影
用呼吸 用心跳
让露轻露浓

请为我珍重
多少年多少代走过的梦
都成了闪耀的星星
让天宇凝重
色彩丰盈
当春风开始剪裁心灵
我会把浓重的相思
抛给杜鹃
红透整个人生旅程

(2011－12－12)

只是为你

在夕阳的光晕里
我亲吻我的土地
是哪块泥土捏了我
又是哪块泥土捏了你
起身问上帝
上帝不语 不语
千年的思恋啊
就这样无疆无域

我的日子已长成老树
粗糙的外表磨砺着
年年的风雨
树冠相思成荫
树叶片片分离
天火一炬
电烤雷劈

不死的心智
仍不屈吐绿
只为连你深埋的根须

今晚蕴了久远的梦会化蝶吗
舞在庄子与梁祝之间
舞在天涯海角的细浪里
你初起的月也灵动地圆起
爱的光泽泛在眉宇
你还会留在
我来世的一个夜里
只为五百年前
轻轻的一声私语

(2011 - 12 - 12)

写在仲秋

你走了
和圆圆的月亮一块走远
曾皎洁的夜空
被相思占满
而留给我的月亮
则是弯的
像分手时
送你的船

不知银河有多宽
却知你在浪底
我在浪尖

不知离别有多难
却知你在远海
我在浅滩
不知生命多简单
却知你在这边
我在那边
不知孟婆碗端了多少年
却知轮回千遭
我只是期待月圆

(2011-09-25)

钱塘潮

澎湃于深远的记忆
来自于迢迢原始
只因上天的呼唤
你忘了你是水啊
呼啸着撞击天地

梦里整肃军纪
金戈中回肠荡气
一线潮 交叉潮
一回头 二回头
就这样生生不息
留下一次又一次壮丽

白天看你
排山倒海
波涛卷进云里
晚上听你
星月轮回

裹着远古振聋发聩的叹息
今晚 就在潮头放牧思念
我就是那摔碎的珠玉
翻滚的潮汐

(2011-09-25)

简的诗

等 你

你在画里看画
我在雨中观雨
灵动的不止是你广博的时空
寂寞的不止是我
无处落脚的思绪
一切恒定于同一天宇
灵魂顾盼却又惘然无语

就这样等你吧
风里 雨里
黄昏袭过莫名的忧郁
就这样等你吧
花里 雾里
月亮圆缺
悲伤注入音符的歌曲

去借一份美丽
祭奠相思弥留的天气
去寻一柄花伞
撑着落泪的团聚
跳动的心
已碎作星云中的离子
闪闪烁烁 若即若离

你何时走出迷失的画卷呢
我已把路边的石块砌成灶台
用泪洗净茶具
冲一杯心茗给你
飘着清香的过去

(2011 - 09 - 22)

分　　别

不知道
分别时你是
怎样的心绪
沉甸甸的昨日
是否由我背负而去
在种满荒漠的目光里
我是独自放飞的信鸽
不知是风
是雨……

"三里一振翅
五里一徘徊"

殷殷的血染红
最后的翎羽
在缕缕夕阳爱抚下
静静等待最后栖息

谁肯为我写一首小诗呢
蘸着明早细细的雨滴

（2011 - 09 - 15）

在苦雨里

你是谁呀
可爱的人儿
手捧花来来到我的墓地
凄凄苦雨里
我已不能再为你
披一件御寒外衣
带泪的珍重
已是脚下无语的土地

相遇在雨季
相遇在雨季多怕你淋湿
化成霓虹找一段
无风无雨的日子
惊讶中你却解不透
七彩中闪烁的谜底

从雨季走到暮秋
躲进这方净土小憩

这整整是一千年
一千年都无法相互寻觅
终于你还是来了
为冥冥的记忆
墓碑冰冷 芳草萋萋
谁再能为你遮一遮
漫天的苦雨

离开这碎心之地
生死都源于你
淡蓝的夜里
我会约星光看你
可你却默默无语
别让泪滴透泥土
腌渍久已封存的记忆

(2011-09-15)

黄　昏

当所有的喧嚣
所有的谄媚与忙碌
都叠印进最后一抹夕阳
你才会静静读我当初的心境
走过千山万水
始终走不过你
走不过自己
走不过那段永久的期许

只有在这时
窗外细细的雨
才会告诉你
早已在千里之遥的我
曾怎样

在寂寥的门前放飞
无数含泪的惦记
把木片上的年轮
一点一点粘起
把时间的花瓣光影的碎片收集
为你藏在深深的泉底

许多年后
我已不再为你哭泣
谁又把那多雨的黄昏
装进太阳帆里

(2011-09-16)

简的诗

无　　缘

无法再去寻
梦中的白蘋洲
也无缘再到
枫桥的渡口
只有在寂寞黄昏
到来的一瞬
用我残存的美丽
与你的辉煌厮守

我已然心力交瘁
没有泪水再流
伴随暗夜幽幽
过了今夜
今世便不再回头

别说山重水复

云烟如旧
我会把鼓胀着思念的日子
讲给迷蒙的雨
讲给三月的柳
讲给月宫里的嫦娥
讲给大海荒丘

当我所有的企盼
所有的无奈
都长成静默的树
你只能在树下流泪
或许把人生悟透
原来生命苦短
失去了很难再求

(2011-09-16)

绿

大雪卷着冰凌
冰凌裹着绿芽
这是被冰天雪地
凝固的年华

绚美的春
奔放的夏
为何把绿装进
水晶棺材
绿得惊悸
绿得令人碎心牵挂

是怪我来得太迟吗
餐风露宿已鬓带霜花

是怨我一无所有吗
赤裸的心啊
插满祭祀的刀叉

让我用最后的热量
靠近你
把流浪的日子
编成童话
讲到四季尽头
讲到你在冰雪中融化
满山遍野开满
炫目的鲜花

(2011-09-16)

相　　约

相约每一朵香润的梧桐花影
相约每一株苦涩的苦楝树魂
相约泰山
五岳独尊
相约故乡泥土
深深的辙痕

相约孤星初升的老林
相约秋风浮土的清晨
相约天地日月星辰
相约轮回时定格的
凄迷的眼神

见证生命与生命的约定
见证灵魂与灵魂的亲吻

见证相聚的甜甜私语
见证离别的热泪涔涔
把爱埋在父母的老坟
把心种在你走出的小村

我是你远离的静寂
抽出思念的纯真
我是时光飘下的落叶
积淀根的深沉
我是热烈美丽的竖琴
为你把每一丝惆怅
弹奏成快乐十分

(2011 - 09 - 15)

歇

鸟倦了寻个暖巢
润泽青青柳色
风疲了潜于深壑
偷听天籁音乐
雨累了躲到骆驼蹄窝
梦着一江清澈
云乏了躺上天的吊床
悠来荡去岁月

心儿缠绕纠结

漂泊于变化莫测的长夜
何时是抛锚的日子
哪一天迷失的自我
累了 真的累了
踯躅在满是星星的原野
渺茫处一盏怯怯的灯光
明明灭灭闪烁着

(2011-09-14)

简的诗

大海雕塑

题记：一百四十一年前。深夜。诺曼底号船被撞将沉。拥挤混乱，救生艇被弄翻。"大副，哪个男人敢抢在妇女儿童前面你就开枪打死他！"人们感到一个伟大的灵魂出现在他们天空。

大海雕塑
用狂暴的雨 用滔天的浪
用诺曼底号的沉没

大海雕塑
用雷鸣 用闪电
用生命的突然断裂

大海雕塑
用你指挥的镇定自若
用你对死亡的威慑

妇女儿童安全了
生命与生命完成对接
男人船员撤走了
黑暗已把黎明烘托

整整六十人啊

面对死亡的恫吓
撤退得如此出色

可你 自己忘了自己
你是第六十一个
屹立舰桥
钢铸铁浇般沉没
没有手势 没有嘱托
徐徐沉进大海
渐渐隐入黑色

大海的雕塑
永恒于闪闪星座

船长——哈尔威
哈尔威——船长
一百多年了
星和月的泪仍为你洒落

大海雕塑

用温情的手抚摸

用细细的沙打磨

光洁如初

你永远伴海天一色

(2011-09-14)

老水车

盛着明净

盛着清澈

盛着至死不渝的原色

把至爱流成小溪

在泛青的田畴唱和

只要水流就不停转着

盛着新月

盛着星座

盛着悠悠不尽的长歌

把疲惫延续作绿洲

一揽沙丘的贫漠

只要水流就不停转着

盛着不朽爱意

盛着庄严承诺

盛着冰火交汇的热烈

把古朴同时尚的美丽

重合进一方秋色

只要水流就不停转着

澄明的魂敬天

爽净的心拜地

生命点燃祭祀香火

润滴滴寒露

圆轮负载岁月的纠结

只要水流就不停地转着

(2011-09-14)

简的诗

你

贫困饥馑撕咬着你
涉世未深的年纪
单薄的身躯
拙朴的稚气
生命本能的原始所需
从苦难岩石里
长出苦难
秋草般枯黄
海潮般隆起

填着野菜的胃
绞痛着生存的欲望
村路上磨破的布鞋
趟过流浪的日子
印上寒来暑往的痕迹

手掌的血茧记录着
日出日落的劳作
目光的迷茫闪烁着
懵懵懂懂的希冀
刚刚练翼的雏鹰
如何承受狂暴的骤雨

初生的牛犊
怎么拽动沉沉的铁犁

是上帝垂怜吗
雪地里捕获一只野狸
兽皮换来的"翁得"
先捧给你的兄弟
你却在瑟瑟的寒风里
不停地顿足
只为温暖你半僵的脚趾

本该拉住你的手
到我家里
端上一碗热茶
嘘去周身寒气
可幼小的我过于贪玩
忘了到小镇的集市找你

(2011-09-14)

注：翁得：北方用作防寒的毡鞋。

今 夜

月亮压弯门楣
留下一片痴情的过去
寂寞这般犹豫
不知该把无数泪花
无数惦记
播在梦外
还是种在梦里

夜是蓝的
四处是一簇簇黑蓝的静谧

守候的星座也偷偷溜走
给梦与梦留下空隙

你从遥远的山雾里走来
隔着风 隔着雨
隔着苦难打磨的经历
窗外的花为你开得馥郁
晶莹的相思撒落了一地

(2011-09-14)

此时此地

此时此地
风和日丽
此时此地
多云有雨

是谁把我和这座陌生的城市
联在一起
在地图上标注出你我的距离

有期盼葳蕤生长
有哀痛让心迷离
记忆的花园太远了
连梦也找不到方向
找不到旖旎

半明半灭的往事
沉浮着苍苍的痕迹

没有死 我真的没有死
晦黯的天空依然飘动
信念的旗
虽说无力 尽管褴褛
我创作着原野
原野也创作着我
生与死从来困惑于一体
面对城市的迷惘
抛出心灵的晨曦

(2011-09-14)

写在七夕

你不是牛郎
我也不是织女
更无意接续千载过后
显得凄冷的故事

我已早不在
古老的葡萄架下
听雨

是青春里一次不小心的偶遇
就注定许许多多
凄凄楚楚的诗句
每一道带血的诗痕
都如刻如镂

如此明晰

艾草芬芳季节
鹊桥横架东西
月圆时薄雾初起
无情的风雨把红灯的美丽偷袭
我都在诗里苦苦读你

漫漫红尘
不该有的相遇
短短的相遇
却是年年月月的分离

(2011－09－14)

简的诗

阳

一串足音掠过我安宁的清晨
知道是你来了 又走了
路过这里
牵牛花上 葡萄架旁
都有霞光泛起的声音
雾气缭绕 晨露润泽
青色竹门里
关住思念的芳心
不曾作夸父逐日的追寻
血脉仍依依长成桃林
不曾泪如雨同存
苦涩的艰难难撑期待的绿荫
不敢盼金色流转家门
炫耀的光会触痛清素的衣裙

只待你的金箭
夜半时分
刺穿梦境
刺痛悲悯
刺伤纯真
刺透灵魂
让花吐红 草吐绿
一切都记忆犹新
我就是春夏秋冬
是四季
随你不弃不分

(2011-09-13)

巧　云

天女织机上卸下的云带
飘一天浪漫
留一天光彩
星月的晶莹卷进去
又打开来
时光就涸染过一个朝代

静卧时蚕吐柔丝
情深处清波归海
缠远山眉黛
挂云帆至爱
洁白还溢出蔚蓝的天
飘逸送碧波优雅的海
梦里归九天仙境
梦外揽四野灵动入怀

谁的雨淋湿
淋湿你俊美神态
额头的光洁从来未改
谁的风吹乱多情的裙摆
步履的轻盈至今犹在
岁月指纹空余黄鹤楼头
爱的诱惑依然千载

为谁毅然飘散于地
竟长出生命叶脉
欣欣向荣的绿
每一片都为真爱打开

(2011 - 09 - 13)

痴 恋

南国的一方新绿
是否印上你的衣襟
深海的一座灯塔
是否燃烧着你的青春
浅滩的一朵浪花
是否溅湿你的脚印
小院满地红豆
是否说你相思已深

相思已深流落于海的无垠
相思已深复印在清冷的家门

用电话听涛
是纯情穿起童真
在画外看雨

是大爱超越离分
借短信拍发
发相思如雨
收远海心音

想念将去未去的梦
想念欲落未落的云
想念该走未走的路
想念远归未归的人

亲爱的
再见时不该是
暮春时分

(011-09-13)

天·海

谁给你蔚蓝的色彩
蓝天 大海
如梦如幻的情怀
谁给你命运的五彩
蓝天 大海
无边无际的真爱

远帆已去
飞鸟倦怠
只有你蔚蓝不衰
三千里路云和月
早已不在 不在……

抚你褐色石块
问雨何日到来
望你空灵神态
问涛何时成排

我的心早已恒定
没有寒至暑往
春去秋来
眸子里转动的
是依依期待

包容那么多爱
情融为天
承担那么多苦涩
泪流作海
今天我用灵魂的虔诚
为你卸载
祖祖辈辈的苦恋酿成烈酒
饮醉了蓝天
饮醉了大海
我会在天地之间开怀

(2011-09-13)

简的诗

爱

不知能给你什么
这是一片荒野
秋霜苍茫覆盖在春的一侧
古藤与老树的对话
已有一千零一夜
爱的盘根 情的错结
深埋的根不需要记住
华贵岁月

为飞倦的鸟搭个暖巢
为路过的雁连接导航的星座
收下无家可归的草籽

请蒲公英冉冉降落
北风荡过
留下深绿转黄的日月

亲爱的
如你不嫌荒凉
不怕落寞
古老的荒原
已为你落下心锁

(2011-09-13)

我的秦川

这边一声清亮亮的秦歌
那边一声浑厚厚的唱和
醉了山的五色
醉了初起的日月

是谁八百里的梦
染了八百里的颜色
在历史的辙痕上倏然飘过
是谁八百里秦川
扛了八百里苦乐
在史书里留下丰饶的收获
秦砖汉瓦砌出兴衰的更迭
灰飞烟灭了皇权的骄奢

别去寻权力的鼎
酒后的觞
商女醉失的钗钿

流着暗香的院落
别再说
这里金堆成山
银流成河
历史的每一时 每一刻
都在风卷长安 西风叶落
都在老树古藤
每一寸的根须脉络

多少爱层层叠叠泛成春河
只为重塑一个我
披着灵秀把秦川轻轻触摸
真不知思绪
今晚该在哪里落脚
别惊动大雁塔旁雁落

(2011-09-13)

思　　念

起源于布谷鸟一声声轻唤
起源于一艘早已抛锚的古船
起源于一朵跃动阳光的浪尖
起源泪在落雨在闪
迷朦中若有若无的团圆
岁月不居霜重雪寒
思念的梦早揖别清丽的故园
时光的落红
撒落于你鞍前鞍后
足跟足尖

其实你知道
一世不过那么几天
我无法解读历史浩瀚尘烟
更无力把稚嫩的诗行
集成泛黄的诗卷

只想把光影的碎片
从前世连到眼前
捕捉你一颦一笑
一览你春天冬天
品味你所有快乐
扛起你全部苦难
把一江春水引入你
耕作的禾田

尽管帆归后暮色已晚
只有夜静时繁星点点
追逐你的思念依然会托起
明日的朝霞
金光灿灿

(2011－09－12)

真　情

缠绵于天女散落的花瓣
缠绵于女娲飞扬的裙边
缠绵于荒原苍莽的古拙
缠绵于塞上烽火的边缘
缠绵于心最痛的那一刻
缠绵于泪水浸满的凄然
缠绵于天地初始
缠绵于星月之间

粗粝携着温婉
古朴裹着绚烂
柔弱溢着勇气
激荡融着安然
无论在何种角度
何种时间
都与上帝一起出现

在知了初学鸣叫的昨天
一杯真情的酒醉了永远
在夏荷初雨的夜晚
一颗孤星与星座并联
在山崩地裂的瞬间

又燃起不散的炊烟

不朽的真情
永恒的爱恋
在你的眼里
海与天有了相同的蔚蓝
在你的怀里
男人女人才赤裸相见
让迷路的生灵
有了方向的感觉
让源于自然的
都回归自然

走出秦川
走不出长于八百里的爱恋
走过极寒
别不去心里浩淼云烟
撼动天地的真情
又立于天地之间

（2011－09－12）

思　索

在轰然倒去的神坛下
阅读撒遍落红的时间
真不知道走过来
又走过去
我的忏悔会不会
一如从前

我知道
你有雷霆万钧的力
用高山去填山涧
你有翻云覆雨的手
任意复制晴天雨天
你有分离过去未来的剑
让我忘记至死不渝的初恋
还会压上层层罪怨
使灵魂承受普罗米修斯的苦难

可只要钻木还能取火
石头还能打磨石箭

我仍会在混沌中初始
从结绳记事开始漫延
修补着百劫的陶罐
智慧沿裂纹荏苒
修补千疮百孔的心田
我的思索　我的灵感
就不再是迷途的羔羊
由神裂变
我的真情　我的爱恋
就不再是游荡的风筝
被世俗所牵

也许我走得并不远
死也死得很平凡
而不死的思索
是我生命每一章
每一节的宣言

(2011-09-12)

思 念

（一）

用手中那枚温润的骨针

连缀着思念的碎片

捧着那只古拙的陶罐

倒出苍凉

盛住水草丰泽的美满

把云纹 水纹飘逸成轻柔的丝绢

把无休无止的思念

连缀成日月

连缀成笼罩四野的爱恋

走了千年万年

不曾说一声悔

不曾怨一句晚

（二）

把思念文上男人坚实的胸肌

文上那野性的脸

温情弥散在山间水畔

石斧石弩有了升华的灵感

半明半灭的篝火

腾飞起灼人的烈焰

从未想把自己送上祭坛

你的微笑若有若无

却让风调雨顺

云舒云展

（三）

走出唐诗宋词的书卷

不敢再吟渔舟唱晚

夜泊枫桥的疏星

划过稀疏的梦

和梦中无解的思念

一梦会是一百年吗

那举着青荷的女子

笑得依旧嫣然

是时间拉长了思念

还是思念留住时间

我不敢想 更不敢盼

（四）

点燃每一簇星星

用生命不朽的思念

只要命不殒 血不阑

流浪的心就不会回归故园

简的诗

不管脚步怎样踉跄
不管接受怎样苦难
都会捧着祖先的陶罐
承受命运的苦辣酸甜

去不舍地追逐
时时不曾忘记的思念

(2011-09-12)

捡贝壳的小女孩

清晨 滴着露的清晨
七色的露 七色的浪
荡起七色的波音
浪花给你凉凉的亲吻
你给海滩留下暖暖的脚印
海水打湿衣襟
却没打扰你专注入神
天真笑容牵住一片祥云
青青竹篮盛满海韵
浅滩有些粗粝的贝壳
却能在你甜甜的梦里

泅出月一般的光晕

稚气的女孩
你又轻轻俯身
磅礴的大海是你美丽的底衬
在你背后我偷偷拾起
你的乖巧
你的童真

(2011-02-01)

梦　魇

无助　恐惧　慌乱
冷冷被梦抛在外边
一切尽已丢失——行李　包裹
包括客车来时停靠的车站

黑色的云　黑色的流水
连一丝星光都不见
多想冲出密密的森林
回头归路已断
彷佛血已凝固
如临万丈深渊

突然心头涌出一股温暖
一个如此熟悉的号码清晰出现
我拨着你的电话
如此甜蜜这般安然
因为我知道你会从天而降
立刻来到我的面前

是妈妈给了我你的信息
还是你暖着我又过了一年

(2011-01-30)

再读廊桥

时空怎样交错
才会出现生命相视的一瞬
内心如何慌乱
才会从金星跌落
碰撞了略带陈旧的小村

优美忧伤悠长的廊桥底片
印上四天烛光 四天泪痕
四天飘着红霞的黎明
四天和着虫鸣的黄昏

在地球那端
曝光染亮带泪的梦魂
梦遗廊桥
写着几生几世哀痛
留下几世几生足音

破旧的相机没被时光磨损
一如鹰隼般精准
白蛾张开翅膀
有多少记忆折痕
一曲弗朗西斯卡
如泣如诉
是相互的呼唤
还是廊桥的回音

遗在廊桥的只是梦吗
不 那是生命的全部
短短四天却品透
一生一世的温存

(2011-01-29)

思　　绪

卧在静谧的海滩
覆盖着蓝天流溢下的温暖
铺上一袭幽幽草香
任浪花打湿思绪 打湿流年

昨天　就是昨天
你突兀出现
好像来自神秘的山谷
又彷佛来自长满白云的天边
当记忆的晦暗不再被翻动
当岁月的轨迹不再回收情感
当苦涩的星光不再装饰梦境
当伤心的时空不再明媚笑靥
你却来了　为青春不再的梦
走了整整三十年

冰峰初融的雪水
洗出绿意绵绵
闪动烛光的书卷
丰饶尘封的诗笺
送给我一个接一个的美丽
一个连一个的春天
我把明前的茶山采了又采
酿造出泪水沉淀的醇厚
流动着苦涩的甘甜
只能把一生的阴晴圆缺
悲欢离合相送了
给你留下云的纯净
天的高远
海的蔚蓝

(2011-01-25)

简的诗

海螺丝

螺丝钉原创于你
还是你按它长成现在的样子
被海潮掀上浅滩
却让我们有幸相识
带着昨夜的海涛
背上还有星光的潮湿
螺旋式上升中铭刻着
多少苦难和勇气

离开奔涌的大海
寂寞的孤单会不会找上你
背着沉重的房子
是付租金
还是奋斗着还贷款利息
让我送你一程 回归大海
也送去几分怅惘几分惦记

(2011-01-23)

请把我笑容铭刻

我是命运的排序
是壮行的悲切
我是你蓝天飞翔的希望
也是你疲惫归来的夜色
幸福时和你一起
我满树繁花妩媚着春宵一刻
淙淙小溪从静谧的丛林
和美丽的星光中穿过

我是成功的脚印
也是失落的求索
我是你热烈燃烧中的不朽
是你未曾改变的品格
冷枪响时和你一起

我是坚实的掩体
胸膛挡住致命的灾祸
喷涌的鲜血洇出诗行
如旗帜高扬在你生命的每个角落

真是这样 亲爱的
你无需难过
相聚的本身就是分别
一切都会成为往事
被历史悄无声息地折叠
奈何桥边莞尔回眸
只请你把我的笑容铭刻

(2011 - 01 - 23)

简的诗

妈妈 妈妈

多想牵着手让你带我回家
多想娇娇的做你温室的小花
可你却乘着风雨走了
在那个暗夜 只说想回家
等我赶去看你
床边只落下一抹红霞

妈妈 亲爱的妈妈
世上再没人等我叫妈妈
世上再没人盼我早回家
墓草青黄了二十度啊
凄凄地走在路上
夜夜陪着你的月芽

刺在心上的蒺藜按下
千疮百孔 我的忏悔无处表达
当年做知青时你还给我洗脚

我却没能用幸福擦去你的泪花
背负着无数苦难咸涩
忏悔终生
忘记了你的嘱咐
我为迷离青春付出
难以挽回的代价

今天 在漂泊中南下
只能在海边叠出
一只洁白的纸船
载上带泪的浪花
但愿今夜的梦
叩响你的墓碑
向你说一宿悄悄话

(2011-01-18)

漂　泊

守着海
守着夜幕一点一点从海上拉起
星光点点滴滴
是你的信息
相别的梦漂流到海那端
还是驶到你心里
只想给思念找个家
却不知你在哪里

也不知我在哪里
即使涔涔热泪能送给大海
漂泊的心已载不动满船烟雨

谁会牵我们的手
穿越时空回到久别的故里

(2011-01-16)

风铃摇响思绪

海风摇响你送的风铃
摇响你送来的碎碎记忆
是海的忧郁浸透思绪
还是我的忧郁长满海域
亲爱的 我真不在意
真不在意这里那里
真不在意阳光普照或冰封土地

椰风绿得透明 海水蓝得如玉
茉莉俏得诱人 兰花开得雅致
心依然漂泊孤单
思念也被浪尖揉来揉去

哪怕在遥远的北极
有你
我也会快乐得亲吻冰冻的土地
在小小的花盆里

种上你爱吃的青蒜
炉火点缀出满屋春意
我赶着驯鹿的雪橇接你到冰川
偶尔会带上圣诞老人的星光
和一点小小的心意
红红的窗花
贴在挂着冰凌的窗子
圆圆的灯笼照亮雪路的美丽
每一天都演绎得诗一样多情
极光一样绚丽
我还要酿出浓浓的酒
和你一醉除夕

就算风雪把我变作冰雕
我也会快乐地守你一个世纪

(2011-01-12)

兰　展

静静开在幽幽山谷
悄悄长在冷冷水边
山川灵秀了你的底蕴
才有纤长略带忧郁的叶片
天地精华你的灵魂
才有淡雅浸透月光的花瓣

在姗姗而来的古诗里
嗅过你从未被打扰的清淡
在或深或浅的水墨中
拜访过你来自山野的自然
我多情的梦境一如空谷飞蝶
多少次为你翩翩然然

展览热烈 展示灿烂
你缀在姑娘鬓边
展览雍容 展示美艳
你插满富贵的花篮
多种兰花的混血儿
我无法还你梦中清纯的容颜

不知该为你妖娆的美丽投票
还是因人为的矫艳羞惭

(2011-01-09)

秋　思

在海岸
在海岸荏苒的秋思里读你
读你的航海日记
读你走时的依依不舍
读古老罗盘留下的印记
读那个叫秋思的姑娘
在椰风吹起舞步的黄昏等你
读那一生都在流的泪
读那四季都在下的雨

狂浪和礁石摧毁了船只
毁灭前的那一刻你只想
把永恒的爱封装成永恒的秘密
怎样面对无力支撑的黑暗

殓起死亡的恐惧
匆匆写上——秋思
不知是最后的诀别
还是在昭示新的开始
美丽的童话在大海栖息

漂流瓶默默泊在航海展馆
人们考证着属于你的秘密
其实那只是你心的化石
时时念着——秋思
姑娘一天天变长的白发
能否把你的沉睡从海底捞起

(2011 - 01 - 08)

海·海湾

几年未见
我真回不到你从前
走近你内心的感觉
已被修剪的花墙
成行的椰树隔断
闪动的霓虹 漂浮的肉香
扔下四处游走的迷乱
亲近你的激动竟失去波澜

你原本是豪放的狂野的
躁动着生命最初的灿烂
你原本是嶙峋的粗粝的
充斥着直率的原始理念
漆黑的夜里
只有一盏渔火颠簸在风浪

凄冷的海上
只有一只海燕鸣叫于长天
就连岸上的树也要长得混乱
有的朝着太阳 有的伸向浪尖
这才是我昨天的海 昨天的海湾
让我惊惧 也让我释然

只想用从前海涛再冲击我一晚
只想用相同的月色再洗洗心田
你曾帮我挣断道道索链
我该怎样才能不让世俗
玷污你苍凉的美感

(2011－01－07)

海滩上的帐篷

为谁守着遥远的孤星
为谁守着清冷的海风
为谁守着长长的椰影
为谁守着廊桥不悔的真情
海滩上孤伶的帐篷
为谁如此孤伶

也许什么都不曾有过
也许什么也不会发生
疲惫的旅人早已酣然入梦
和大海相融

心像鱼儿一样自由
思想如海水一般清泠

厌透都市枯燥的积木
不堪拥堵的车水马龙
疲惫的身心苦寻憩园
真恋你……
海滩上的帐篷

(2011-01-04)

夜　海

守着夕阳下沉
一点点浸入浓浓的海韵
守着夜影靠近
一寸寸划到涟漪的波心
浅蓝 青紫 静静涂上深黛
满天繁星是你的近邻

说你铺天盖地
谁拥住你静夜的温顺
说你放浪不羁
谁掬起你少女的纯真
说你摧枯拉朽
谁包裹你内敛的伤痕

涛声远了
送走了喧闹的人群
海岸静了
不再有世俗的脚印
深情的海啊 我颤栗着
捧起你疲惫的心

你送走的古船
今夜泊在哪个港湾
会不会和我相约着
牵住你的梦魂

(2011-01-04)

海 恋

是谁播种了大海
给人类留下一片湛蓝
是谁用纤纤玉手
揉出这软软沙滩
是谁在遥远的归途
把思念挂上高高的桅杆
是谁把沉沉的哀怨
装满远行的航船
辽阔深邃的大海
你收留了多少梦的孤单

拥着万盏渔火
细浪开出洁白的雪莲
月挂在海的门楣
乞求把安徒生的童话听完
风儿也怕与海失散
扯住礁石的衣襟不肯走远
和着脆脆涛声

渔家妹子的情歌唱了整整一晚
我妩媚多情的大海
你是盛满星光绿玉的摇篮

椰树生长着海的眷恋
年年岁岁结满海的清甜
把百川收藏于胸间
气度才如此安然
把博爱埋在深处
真情才奔涌浪尖
不曾问天涯海角
不去管地北天南
我丰富安详的大海
你的微笑总让阳光抛锚
流动一海灿烂

（2011-01-03）

茶与水

在初春的目光里
我刚刚伸展出细嫩的芽片
你是黑夜里急急赶来的雾气
爱抚着我
凝成初阳中第一粒露滴
你说我静若处子
七彩光晕中你飘散成负氧离子
浴着我从未离去
我知道 离不开你

干渴的焦灼来袭
你是天堂匆匆而归的细雨
洗净满目翠绿 裙摆摇曳间
你说我美若淑女

多情的虹桥上你飘逸成白云
妆扮着我的美丽
我知道不能没有你

我被铁锅烘焙炉火烤炙
在炼狱中洗礼
美丽的青绿被枯干被扭曲
你是沸腾的水啊
我的灵魂飘散着 舒展着
沉在你温暖的怀抱 宽厚的心底
你细细品味苦涩中透出的甘醇
我知道我只属于你

(2011 - 01 - 02)

海 域

你是辽阔的海域
保存着我前世的秘密
我是固守你的航线
忠诚记录你的信息

史前的你
是一块窄窄却紧实的坡地
炊烟里常为洞穴
飘动的肉香痴迷
我是农夫手里一片坚硬石镰
锋利骨刺和熊熊燃烧的火炬
我知道我的本源来自你

天地塌陷　洪水四溢
大自然成就了你博大　包容
百折不挠的活力
作为航线我重生
我是你心头划过的痕迹
今天　多云
明晨　有雨

你咆哮着掀起撞碎礁石的巨浪
也为星光陨落低低叹息

我快乐的迎送每一条船儿
同大小鱼们嬉戏
纯净的月光下把恋人的红纱巾
调皮地拢在你怀里
承受世俗的鄙夷
也接受目光的礼遇
我用生命在航线上做出标记
见证与你同在的美丽

若有一天你真要轮回
回到远古初期再不能相聚
我会把今生真心的快乐
保存在你视线
刻在你心底

(2011-01-02)

海岸与椰树

上帝把你雕塑成另一道海岸
却没有绿荫陪伴
苦难和博大依旧相容相生
冷落的风声时时响在耳畔
海水把咸涩浸上你的额头
海藻把散乱埋在眉宇间
波涛暗涌动摇你的根基
潮起潮落锈蚀你的伟岸
风花雪月雷暴闪电
你平和着昨天今天
接受快乐 承载苦难
你把坚定托付给永远

岸哪 我赤裸的岸
你用躯体和灵魂
铸成大爱的诗篇
岸哪 我不屈的岸
你用生生世世
兑现着与上帝的诺言
匆匆从北方赶来的我
只想柔弱的胸脯为你

挡一次风寒

从冰封的土地和向往一道
带着泪 含着笑
喘息着 呼唤着
一路踉跄偎依在你的身边
静静一枕涛声
轻轻掬起蔚蓝
人世不再有彷徨
一分一分为你纯净
被玷污的情感

祈求上帝用时光
把我种植成一棵椰树
沉默间与你根须相牵
血脉生命 相连
当成熟的椰果一颗颗为你落下
每一颗都是我清甜的梦
生命勃发的灿烂

(2011-01-02)

母 祭

常在落雪时想你
想落雪时纷纷扬扬的记忆
想你教书的小村子
想你怎样用烛光点亮夜的静谧
想你那双破旧的球鞋
怎样走完十几里雪地
想你背着我
独木桥下水波的涟漪
想你看我接你到街口
你肩上青青的野菜
手里嫩嫩的玉米
你递我那根脆生生的麻花时
你嘴角甜甜的笑意

只因想你啊 妈妈
就常想生与死的距离

年幼的我

还读不懂生活的重力
怎样压弯你修长的身躯
岁月的风雨
怎样折断你飞翔的双翼

如今的我已到了你的年纪
领着女儿站在等你的街口
才知道生与死
只是浅浅的一湾水
和独木桥窄窄的距离

在新年美丽的祝福里
我该怎样用椰岛似锦繁花
轻柔海风
去温暖你遥遥的冰冷墓地

(2011-01-01)

思　念

我早已不再思念了
我的思念已同岁月老去
被疼痛撕成碎碎的花瓣
扔在寂寞的路口
飘散在远山和星光的边缘

在你远行的旅途
我的眼泪
已不再如细细的雨
为你洗青客舍
湿润满目灼热
一路尘烟
汩汩的泪泉
干涸在心灵之巅

我灵秀的诗篇

也不再如温润的珠链
缀在你窗帘
诉说一粒沙对海的缠绵

今晚的梦境
也无法如期落在枕畔
长出一片一片嫩叶
让季节回归春天

我的思念已投进大海
酿出一片湛蓝
我的思念亦如千年胡杨的化石
无论时光怎样拷问
只记录着生命的晴雨相间

(2011－01－01)

简的诗

送 你

真想送你到永远
甚至比永远再多一天
可我只能站在榕树下
看你升起孤帆
任泪水潸然

不敢留住你
不敢拉你的手
说我依恋
不敢多留你一秒啊
留住稍纵即逝的蔚蓝

我无法阻止
咸涩的海水漫过你命运的船舷
我无力阻止
狂暴的浪涛把你揉成碎片
我无法阻止
险恶的礁石肢解你的信念

然而
我会让我所有的岁月

为你停滞啊
用生命为你导航
用青春织补你的风帆
哪怕你只剩一粒米
一簇火 一滴水
我也会是你狂涛中
升在桅杆最顶端
不屈的信念
不死的勇敢

我会让三角梅
红透一季又一季
我会让椰风
吹动一天又一天
当你背负疲惫和伤痕归来
我会让等你的那盏灯
溢满人世间所有的温馨
千倍万倍的浪漫

(2011-01-01)

树（上）

　　题记：西方有树，一千年生长；又一千年开花；再一千年结果。为你，我是不是那棵树呢？

一千年有多长
我不敢去想
只因有你
我才有一千年夙求
一千年愿望

暖暖的泥土拥抱着我
拥抱着我前生所有梦想
浓浓的黑暗里
我细细打磨
相见时的青翠
盛宴时的晚装
只怕你在莫名中离开啊
悄悄借入土雨丝
忐忑向你张望

一树繁花飘然着一世梦想
一树翠羽绽放的竟是千年时光
只为了却一段尘缘
所有的花一夜间含苞
一夜间怒放

一瓣又一瓣飘落
一片又一片浓香
铺天盖地的花雨
遮住满地月光
千年一遇的轮回
旋转着快乐的舞步
忘记了美丽后的忧伤

一颗心形的果实
收藏在人迹罕至的地方
不知酸涩甘饴
还是美丽后的彷徨

静静的流水
静静的夕阳
山水间流淌着
一篇静静的文章
从盘古开篇
写到地老天荒

(2010-10-24)

简的诗

树（下）

一千年的等待有多长
我不敢去想
只在轮回缓慢的步履里
依稀记得前世
你许下我十年时光

我已不够秀美
不再是玉立的白桦
让百鸟歌唱
我已不够挺拔
不再是翠翠的青杨
让美丽彷徨
我已不够袅娜
不再是含烟的绿柳
让爱人依傍

我是一株被劈裂的树
在电闪雷击后复活

一半生着柔弱
一半长满坚强

待你归来
我已落叶盈袖
铺成晚霞的旖旎
如多彩的梦境
飘逸在波光粼粼的
金色池塘

我们一同皈依塘边的泥土
决不艳羡万众神往的天堂
睡了也牵着你的手
有你
我会睡得很香很香

(2010 - 10 - 27)

圆明园祭

每一棵老树的根须
都生长出文明的悲怆
每一条断壁残垣的石缝
都斑驳着毁灭的凄凉

圆明园 你残败的背影
拉长了一个半世纪
一百五十年啊
五万多个日子
每个傍晚
如血的夕阳
都深深剪影着
一个民族的哀伤

你惊人的美艳
毁于强盗的劫掠
你雍容的华贵
泯灭在野兽的疯狂
一场野蛮的大火
烧焦了你青翠的裙裾
迷人的胴体
高耸的双峰
娇秀的脸庞

一年一度

吹开春花的柔风
为你的旧梦
张开透明的翅膀
季节更迭
淋湿初夏的细雨
轻轻洗涤着你
瘢痕累累的胸膛

岁月交替
美丽寒冬的雪花
为你盖上洁白的锦被
还你纯净的芳香

一纸诔文太薄
几炷古香驱不散悲凉
圆明园 我不敢面对你
因为我无法疗治你的创伤
就让我在今晚的梦里
在一串星星照耀下
成为你的一块山石
和你一起
伫立成一个民族的坚强

(2010-10-26)

雪　莲

你是痛彻心扉
也不想落下的泪花
晶莹在骄傲的雪山
无边的雪崖

依着天边的霓虹
伴着软软的雪花
温暖着冰清的山巅
美丽着玉洁的莲花

风摇曳着你的亭亭玉立
月亲吻着你的绝代风华
只为魂断蓝桥
才有浴火重生
冰肌雪骨的仙姿

美轮美奂的神话

落雪了
一片连一片
是你同爱人的对话

枯萎了
一年又一年
是你绽放的泪花

不敢面对你千古期盼
怕我的心
在冰天雪地中被你融化

（2010 - 10 - 24）

读 你

风把满月卷起
卷成半圆
又卷成柳叶般的书签
在月缺的时候读你
读你的淡定
读你的坦然
读你远山那边的微笑
读你草屋畔
寂然升起的清寒

那杯香茗冷了
冷得凄然
那枚烛花剪了
剪得缠绵
月光一丝一缕
一丝一缕纠缠
不忍透过你的窗棂

沉入你梦境的麦田
脉脉温情停留在云端
悄悄凝固你的时间

山脚旁的相思树落叶了
飘着金黄的叶片
一生的眼泪都没留住
春风鼓荡起的团圆
只有在月缺的时候读你了
把相思一点一滴
写进云笺
不知谁在鸿蒙的当初
就为我描摹着
饱含思念的今晚

(2010-10-07)

等过四季

等过春季
怕花瓣下落
触碰满心寂寞

等过夏季
怕阳光洞穿
灼伤满目绿色

等过秋季
怕累累硕果
滑落满园萧瑟

等过冬季
怕雪花晶莹
一串串轻灵的梦

被北风干涸

我知道
我只是你的历史
是你历史涸着
烟雨的一页
我只是一枚书签
与你厚重的典籍相接

真正的我
是漫无边际的时间
不该在空间的边缘
与你的悲欢离合定格

(2010-10-06)

葬　花

悄悄的别说永别
每一片花瓣都藏着我
夜的轻纱包裹着
昔日的美艳绝色
天边的弯月
是你水晶棺椁

埋葬了那么多繁华
那么多凋落
花魂鸟魄也如梦如幻别过
夜风佩起黑纱停步
只因生死离别的故事
讲得太多
一生的眼泪就算是祭品吧

闪烁在泥土里深埋的寂寞

挥挥手潇洒而别
绝不是故作
只是千世百世的顿悟
把红尘勘破
明年春风中
你还会枝头怒放
只是蒙蒙细雨打湿的
你已不是你
我亦不是我

(2010-09-26)

简的诗

依依别情

沿一条小河走进黎明
黎明中已无你身影
昨夜烛光怎样来到窗外
被谁不慎碰落
把花团锦簇惊醒

滴落露珠
滴落宁静
只是筛过月的梧桐
还印着梦境
知道你要留一个
鲜花四溢的季节给我
无奈凄楚的残月
铺展着冷冷清清

炊烟不再升起
茶炉不再沸腾

溪水不再轻盈灵秀
山间牧童不再相伴笛声
一切你带来的美丽
又同你远行
杂乱无章的野草
由心荒芜了柴门
由柴门荒芜了你常去的田埂

无法寻你的身影
就把心燃成火炬
去暖你的里程
无法用四季等待
就伫立为山峰
时时为你的梦葱茏

(2010-09-26)

中秋夜

只有把这轮圆月送你了
除思念我已一无所有
这月色一定是条纱被
暖着微凉的中秋

只是背着你
把一生的惦记
都搁在山崖这边了
才有了月缺月圆的等候

只是背着你
把每段想念都插在
时光酿起清波的对岸了
才有了花落花开桂香的醇厚

只想顺流而下
载走烟波浩渺的哀愁
只想溯水而上
把最后一次美丽
留在满是星光的天畴

只有把这轮圆月送你了
除思念我已一无所有
能否借圆月问你
可收到我不再贫瘠的问候
春日种下的兰花
是否还开在命运的渡口

(2010－09－22)

简的诗

夜的清秋

秋漫延着午后
怕落日熔金
黄昏初临
一片孤独的落叶
封闭心灵的窗口
收起我一生所有的
快乐和悲愁
安静地为你守候

我知道
今晚的月会很圆
优雅的月光
会一缕一缕
缠上柳树的梢头
那聚集的星宿

是一座座闪光的城堡
把爱的前世今生收留
在时光彼岸
亮起一桅航标灯
静静照着清秋
不知今夕你是在赏月
还是苦于奔波应酬
你是否如期入梦
相思渐浓泪湿衣袖

你也许无法感知
我今夜心静似水
一如百合沐雨的清秀

（2010-09-21）

故乡的秋意

我是梦里见你的
无叶的果树
被浓霜剪得一枝枝疏稀

我是梦里见你的
冷寂的柴门
被弯月划得一片片迷离

我是梦里见你的
父亲的军功章
浸透浴血的战役

我是在梦里见你的
母亲的日记 刻满
期期艾艾的离愁别绪

我无法再用生命亲近
一切都遗散在碎片的记忆

记得每一个果红的日子
高高的枝条挂满我的童趣
记得每一年的除夕
西瓜灯给山坳的白雪送去笑语

记得柴门每一次开启
布拉吉炫耀出少年的美丽

故乡的亲情远了
回音已是千里万里
故乡的亲人走了
永久相隔了方寸墓地

遥望我眷恋的故乡
中秋月也变得凄迷
浓浓的秋意苍凉着
一页页不愿触碰的记忆

(2010-09-19)

简的诗

临 秋

站在秋的边缘
梦影沾着初霜若隐若现
不知该走进渐浓的秋韵
还是停在她门前
不知该扯住百花的裙裾
还是让秋雨流连

秋掬来珍珠玛瑙的高贵
积聚着成熟炫目的斑斓
精心装点了七彩的艳丽
遍体散发着迷人的甘甜
然而我望而却步
嗟叹春夏的短暂

种下的阳光发芽了
发芽在一往情深的春天

相思是夏日里栽满的
一畦又一畦碧绿
一层又一层夙愿
那枚你摘的青杏
已制成珍藏的蜜饯

不忍作别柳丝里的梦幻
不忍作别百合中的缠绵
那辆你载我的单车
闪着温暖光泽
停在光阴对岸
真想和你一起蒸腾
哪怕命运中仅剩一晚

(2010 - 09 - 17)

老骆驼

星沉半边
月落半圆
穿过遥远的沙丘
思念覆压着清寒
听见了 我听见了
驼铃声清晰可辨

远远地 你趟着黄沙
从远古走到今天
一路风沙扑面
难遇绿洲清泉

你这头老骆驼
驮过年华的饱满
驮过命运的宣言
在本不属于你的路上
日里夜里踽踽向前

风起时 黄沙漫天
掩埋了你艰难的蹄印
雪落时 寒风撒野
撕裂了你希冀的碎片
骄阳灼烧你的体力
干渴考验你的信念
层层寒冰封锁了

你生命的灿烂
只有我知道 老骆驼
你是沙漠的魂灵
你是苦海的渡船
你是千年不死的胡杨
你是不屈生命的礼赞
承载一弯又一弯冷月
重负一囊又一囊辛酸

坚实的驼峰变得柔软
时光轮回着
眼波里静静的淡然
不敢轻意触摸你的过去
怕刺痛你的伤痕
不敢轻意为你流泪
怕咸涩腌渍你的苦难

只想留你老骆驼
留你在水草丰美的田园
你看天边有颗淡蓝的星
隐隐约约为你闪现
你要为她 我的老骆驼
为她走到永远永远

(2010-09-15)

简的诗

宿 命

不知何世何种期许
今生注定和你一起
不知何地何因相遇
团聚注定挤满远离

一次一次送你
送你啊
路上满是红豆
满是红豆萌发的记忆

已不再用旧梦
拼装陌生的城市
已不再用卡尺
测量地图上的距离
蜿蜒的心路渐行渐远

风雨迷离
生命底片
卷起依依不舍的过去

无法摆脱 无法抗拒
宿命如此 无休无止
上万个日子
风雨侵蚀
咸涩的泪洗去
每一页痕迹
斑驳的站牌却依然
深深刻着你的名字

(2010-09-14)

左岸　右岸

你是左岸
我是你永远的右岸
一条古老的河
无情定格了
永世难以相连

春天漫过船舷
我芳草凄迷
野花点点
秋云静美出
五色的灿烂

你古柏参天
青杨伟岸
远时烟波浩渺
近处燕语呢喃

我为你流泪过
晶莹的心嵌在青青石板
我的泪弥漫得风雨满天
你为我祈祷过
无语的雪落山川

覆盖生命的震颤
季节会在轮回中煮熟
眺望也是一种美满

我精心守候着
日子的每一个时段
守望着静静的河水
永无休止缓缓向前
只是在月夜的梦里
泛滥着我们
千年前的团圆
百年后的依恋

一条古老的河流
阅尽人间沧桑
裹挟着凄美的童话
留下无奈的诗篇

你是左岸
我永远是你的右岸

(2010 - 09 - 13)

渴　望

我渴望平静
渴望我是无垠星空
留下的几点晶莹

我渴望感动
渴望我是浩瀚大海
一道含泪的浪花
又被潮汐催生

我渴望激情澎湃
渴望诺言永恒
渴望时空倒转

渴望生死相从
渴望人世间真爱永驻
渴望大自然绿荫葱茏

我甚至渴望心的撕裂
不再需要平复
渴望荆棘刺破双脚
让身后的路浸透殷红
渴望沉沉一梦不醒
回复生命的安宁

(2010-09-08)

浮 萍

别说
别说自己没有家
漂浮的心随着水流
绿遍天涯

别说
别说自己没有花
幽幽暗香合着晚风
潜入岸边人家

剪一轮圆圆的梦
满月就多了几分芳华
摇落几许灵秀
银河就漫溢无际轻纱
俯首时春风悠悠
敛眉处细雨沙沙

谁说你无根无袢
你为流浪溅起
多少泪花
谁说你无牵无挂
你多想永住
温暖的小家

你把美丽延伸到阳光中
把酸楚偷藏在叶片下
等春画满每幅图画
你和春风一起欢歌
同春水一路亲吻
邂逅美丽的初夏

(2010 - 09 - 07)

乡　情

乡情是淡紫的
生长着丁香的苦涩
常在梦里
开出星星点点花朵
那方贫弱的土地
种植不了快乐

乡情是重重的离别
小镇的柴扉
总有无法再见的
生死相隔
父母坟旁的小树满是寂寞
挂着我残留的儿歌

乡情是片片飘落的叶
出现在无奈流浪的秋夜
我无法把它收集点燃
燃起温暖凄冷的火

乡情淡了　淡了
淡在心底
淡成儿时照片的
黑白两色

（2010-09-05）

美丽的和谐

匆忙中多次路过
从未留意繁华中
这僻静的小街
转角处的手推车
装满生活的琐碎
你为匆忙的人们修鞋

远处夕阳衔山未落
美丽竟如此重叠
花白干涩的头发
粗糙黢黑的双手
油漆斑驳的二胡
流泻着春江悠长的美丽
如泣如怨的汉宫秋月

泛黄的曲谱
被晚风吹开
翻动着遥远的岁月
手推车的灰尘
也涂上华贵的金色
生命中竟有这惊人的美丽

惊人的和谐
城市静了
琴声慢慢织浓夜色
默默倾听
树叶一片一片垂落
梧桐一寸一寸摇近秋夜

哀怨的冷月里
寒霜由淡到浓
从寂寞的小径铺过

读你远去的背影
听车轮轧过生活
真想问你
楼头升起的满月
是汉宫应邀而来的秋月
还是盛唐春江的花月
竟这样眷恋人间
留恋生活 依依不舍

(2010-09-04)

简的诗

月　台

你匆匆而走
我静静而来
没有擦肩相逢的惊喜
没有交会而过的悲哀
无情远去的列车
只记着生命里有一个
小小的月台

曾约去看
故乡灌浆的小麦
你说麦香已醉倒
周围的山脉
把小村的故事
编写出续集
让美丽童话
一页一页打开

我用青春的发簪
别起充满期待的未来
在村头最深的井里汲水
细细洗绿每株蔬菜
在溪边的青石上
哼着曲儿洗衣濯足
庄稼摇动着金黄的愉快

在炊烟融进暮色时
把水灵灵的日子记录
写进傍晚
未来得及走远的云彩
柴门边　小溪畔
归鸟的鸣叫中
张望着茫茫田野
等你戴月荷锄归来

晨雾弥漫过归路
细雨打湿孤独的站牌
一生只有的一次约定
却是车门的相隔
我在火车厢里
你在车外的月台

二十几年的痛楚
种植了一载又一载
生命掠过一个月台
又是一个月台
一切都变得模糊了
梦中却总是清晰着
泪水淋湿的站牌

(2010－09－02)

感　怀

我知道
执子之手与子偕老
只是一次等待
青青子衿悠悠我心
只是一种感怀
花开花落绽放美丽
只是一段完善
万年沧桑变迁
只是一纸记载

此岸与彼岸
注定分离
因为相隔
茫茫深海
这山与那山
只能远眺
距离的铁律
谁能解开

一生一次的牵手
不因距离分开
千年修得大爱
早已融入血脉
尘世的一切繁华
都会变得冷寂
冷寂又会慢慢洇染
风清日朗云消雾开

思念催生我的热泪
分分秒秒徘徊
清清爽爽的时空永远不去加载
亲爱的该珍惜
千万别傻傻地
蹉跎未来

(2010－08－31)

简的诗

农历七月游荡的无奈

在曾繁茂多汁的故乡
我仍没找到鸽子花
老乡说她枯萎了
枯萎在七月的盛夏

衔着橄榄枝的鸽子
也无处落脚
柔嫩的枝条干硬得
再不能用青绿
编织安宁的家

清浅的溪流
愤怒得可怕
倾泻的泥石
把故园锦绣压垮
空难 大火 战乱 爆炸
惊恐着每个国家
早霞洇着缕缕血色
月色蕴着悲悼莹莹泪花

七月垂下高高的头颅
挂着沉沉黑纱
七月游荡着悲哀的无奈
悼念和平的鸽子花
悲哀无奈的七月
颤声问
地球怎么了
何时再重新打开
迷人的蓝色童话

放弃贪婪攫取
放弃战争戮杀
敬畏宇宙神力
才有天地人和睦
自然方能相生为家

七月走了 走到八月
走出本性与文明的交叉
千万别把那么多
流荡的无奈留下

(2010-08-31)

不　敢

不敢用湿漉漉的晨风
打湿你千里外的宁静
不敢用圆月的碎片
拼接你匆匆旅程
甚至临行前
不敢扯住你的衣襟
让我的梦随行
更不敢相问
一别会不会又是一生

用依稀的往事酿酒
酿成祝福若海潮汹涌
用碎碎的心香酿酒
酿成月下群山的从容
就让岁月再醉一次
醉在殷红殷红的黎明

把相思与企盼埋下
埋在长满野藤的荒冢
初春时会不会萌发
情思的清冷
无休无止的伤痛
埋在时光底层
仲秋时会不会收获
泪珠的晶莹

时光拴不住你的匆忙
岁月刻下你如牛的负重
不知在你岁月的末端
会不会有一颗星星
簌然陨落在你心里
闪闪伴你沉沉梦境

(2010-08-29)

简的诗

两棵树的故事

题记：几年前读过一篇短文：两棵树的故事，很感人，久久萦魂。以为诗。

树生

锈蚀的铁罐
深埋住原始悲凉
桂树的种子醒了
感受到身边有一株青杨
伟岸挺拔葱茏茁壮
才领悟自己也要破土
该与他比肩共生同长
拼命蓄力破壳生根
最柔弱中却永恒着
无与伦比的坚强

在深埋的泥土下
他强劲的筋骨
提升你的勇气
最细最软的根须
缠绕包裹你
蜕变时的遍体鳞伤
当第一片新芽
被初春涂上鹅黄

他更怜惜你
垂髫的青涩模样

烈日凌空
树冠撑荫荫清凉
雷暴来袭
枝叶交护佑天网
当你挺拔出秀美
人们才惊喜注目
晨露中你羞涩的嫩绿
月圆夜你满树的桂香

树殇

挺直为你弯曲的脊梁
抚平佑你的雷击电伤
醉人的春歌里
枝桠交织在自由的天堂
四季更替中
叶子同沐春露秋霜
翩翩舞姿中交替着

茸白葱绿金黄的新装

为留住你
留住桂花永远的芬芳
无知世俗的斧锯
斫断傲岸的青杨
骤起的飓风下
你扑向他
扑向生命最后的欢乐
带走世上最后的哀伤
能留下的只有
天地间驱不散的悲凉

  树魂
任时间的河流凝固

你飘着不散的桂香
就在整树整树桂花
撒落成花雨那夜
你用生命写活了一篇
让岁月垂泪的诗章

有人说 你死去了
为世上唯一的爱
你却说你还活着
活在日月交辉处
用灵魂陪伴青杨
让大爱不再受沧桑

(2010-08-29)

遥 祭

点燃被生死尘封的亲情
点燃被记忆埋葬的旅程
借七月十五日的明月
用心祭你
泛黄的纸张
燃烧成一簇簇血色的火光

清冷的眼泪炭化
炭化了阴阳间
看似遥远
其实很近的一个过程

别说我忙碌得已忘却
是怕锥心刺骨的痛
早知不能再见
却千百次寻找
惊诧人流中
像你的背影

别说我纷繁得已冷漠
是怕想起你的叮咛
不敢翻那本薄薄的日记
却千百次咀嚼
你酸楚的一生

从榆钱初绽的清明
到今晚属于你的圆月渐升
二十年茫茫一梦
竟这样泣血别情

奈何桥这边
我把亲情种得郁郁浓浓
在你驾和风归来的时刻
为你放牧着流星

(2010-08-24)

相 聚

为了一个圆
东南和西北相靠近
爱是圆心
历尽千载
也不死的灵魂

为了一个感动
高山和流水相依存
情是缘分
历尽百劫
也不悔的单纯

心与心交融
会把苦难酿得甘醇
爱与爱聚拢
会让暗淡飘起祥云

乘飞翔的翅膀
驾五彩马车
只为万物静止时
相聚的一瞬

(2010 - 08 - 22)

水

从未在意
你是涓涓细流
在身边羞怯远去

从未留心
你是生命起源
在群山怀抱中清澈见底

从未感觉
你从水管拧出
一滴又一滴的委屈

从未探访
你洗去污秽
经过地狱
蒸腾成蒙蒙细雨

只说你取之不尽
从未懂得珍惜
直至你惊天愤怒
波涛四起

我从未选择抚慰
只在惊恐间茫然躲避

先民世代迁徙
择水而居
陶罐积满
轻灵简约的秘密

一个个结绳的长夜
文明一簇簇生长
丰沛远古的日记

纯净无瑕
向宇宙发送淡蓝的信息
护佑地球的安宁
滋润万物的葱郁

人类生命的每一篇经历
都该写满对你的珍惜

(2010 - 08 - 22)

君远行

你可以走得再远些
再久些
只需记住——我想你
让我也回到
知青时的小村里
种植一些
带着苦味的青涩
种植一些
与旧事有关的美丽

我会去村东的潺潺小溪
漂洗蒙尘泛黄的过去
让今天写给你的诗
每一首都更加鲜活清丽
我会让你摘给我的
那一捧半熟的青杏
黄在麦收时节
永远青绿山村的记忆

我会重新规划我们的开始
让你不再远去
我会让那粒杏核发芽
长成蓊蓊郁郁的树
满枝头绽放云霓
我会让漫山遍野的爱恋
燃烧成野火无止无息

尽管一切不可能重来
更不会重新演绎
你可以走得远些
再远些 更久些
给我一个完整的相思
一个完整的雨季

(2010-08-18)

七 夕

葡萄架下听雨
听天上人间私语
纤云弄巧
飞星传恨
都在这一刻静止
怕淋咸咸泪雨
怕惊绵绵佳期

三百六十五个日夜
泪水漫过银河长堤
薄暮清寒中的爱侣
在银河畔翘首伫立
那织着情丝的锦被
能否温暖你的身躯

一双待哺的儿女
在风露里咿呀学语
多少欣喜待诉
多少泪痕待洗
依稀别梦演绎着
时光泅开的美丽

浩瀚银河何时还原
星宿的秀美
百鸟架起的鹊桥
供人们自由来去
世上相爱的男女
不再分隔日日团聚
相拥相伴相偎相依
夜夜都是七夕

(2010-08-12)

等你把竹门叩响

不知我来自何方
心里揣着前世的迷惘
也许降生就带着原罪
羸弱啼哭传不到
你居住的村庄

曾一起栽下山坡的丁香
四季弥漫苦苦的芬芳
曾一起吟哦含泪的橘颂
半生回味酸酸的饴糖
你为何松手无助的风筝
任她在多雨的天空飘荡

星星在每一个夜晚
都在见证岁月的忧伤
流血的真情怯怯躲闪
人世间的清冷沧桑
关闭所有期盼的窗口

只能在梦里喃喃叩问
能否忆起我青涩的淡妆

额角积满重叠的哀怨
青春的丽质已褴褛变黄
泪珠儿洗白了多彩的记忆
日子淡漠了激情的感伤
明明是春光乍泻新阳
却恐惧深秋的冷凉

积年的泪水汇成清澈的小溪
心底的彩虹编织起绚丽的新装
竹林下有精心铺就的小径
通向我满是阳光的小房
静静守候曾经沧海的感动
等你把青青的竹门叩响

(2010-08-10)

问 佛

简的诗

黑暗中独坐
染浓浓墨色
点一盏心灯
给千古佛陀
燃烧着生与死的边界
燃烧夜的光泽

本该为生活高歌
却为何绵绵泣说
本该彩霞万里
却为何云重雨多
我究竟错了什么
请带我走出惶惑

若不苦不痛不去撕裂
请把你灵动的诗心还我
放逐哀哀鹿鸣
任凭杜鹃啼血
驰骋的想象折了翅膀

汩汩的诗泉因之枯竭

洞穿无休止的黑暗
承受锥心的寂寞
没有泪雨浸润
何来诗苑的鲜活
得失与苦乐需要在
收取和放弃间抉择

紧紧护住心灯
唯恐被风吹灭
灵魂豁然顿悟
什么属于别人
什么才该属于我
姗姗而来的晨曦
有佛光隐约闪烁

(2010-08-10)

扫山人

小心打开
滴着翠绿的凌晨
把清新送给
早起的旅人

细细折叠
五彩斑斓的黄昏
把静谧带给
晚归的鸟群

静静整理
百泉的清澈
悄悄梳洗
岩层的年轮

拾起一个个水瓶
一张张纸片
把栈道铺平
把石阶垫稳
储存世上无数冷暖
心与大山一样单纯

千百年前的僧众
也这样扫过

扫过寺院层层落叶
扫过石阶厚厚苔痕
扫过红尘喜怒哀乐
扫过人间罪孽沉沦

今天的你不再如先人
刀耕火种
扫山的身姿与虔诚
却亦如先人
你用笤帚畚箕
把古老的传统
与现代的文明拧紧
默默驻守着大山
鲜活的灵魂

与你擦肩而过
我捧着内心感激的柔润
看你忙碌的背影
这闪动着泪花的崇敬
却不知
该放在哪儿保存

(2010 – 08 – 07)

简的诗

山 雾

题记：峨眉山的晨雾，缥缈、朦胧，如幻如梦。

不留痕迹
难觅行踪
忽儿聚散
瞬间升腾
高时托着云影
低时吻着草丛
自由自在
无状无形
随山风来去
顺山风西东

软软地缠绕着
每一条叶脉
每一根青藤
轻轻地抚慰着
每一株小草
每一条石缝
你无处不在

脉脉情浓

洗白了晓月
洗软了晨风
洗醒了山泉
洗瘦了梦境
把大山的早晨
洗得秀秀润润
清清灵灵

怎么能够留住你
洗净尘世的喧嚣
人性的贪婪
心灵的牢笼
洗净这喧嚣世界
还一个自由人生

(2010-08-06)

乐山大佛

原本来自遥远的青峰
无数巧匠的汗水与心血
熔铸你佛性的光明
历代香客的仰望与祈祷
不改你大彻大悟的淡定
穿越时空的从容

踏入凌霄的栈道
摩接云天的古松
横空出世的巨石
千载缠绕的老藤
在你身边交错出
历史的悠然与沉重

静静俯视着岷江咆哮
冷冷洞察着百世人生
任千帆争渡百舸穿行
风狂雨暴巨浪排空
凭山花竞艳万绿葱茏
泉水叮咚婉转鸟鸣
你总用永恒的笑意
定格亘古的宁静

旭日　晚霞
晓月　繁星
注入你的灵性
承载历史沧桑
汇聚超然的佛光
谙悉冥冥的尘缘
释然的虔诚

当山月每一次涨满
我恍惚能够听到
锤凿敲击历史的回声
看到石匠吞吐的烟雾
如萤火明明灭灭
闪闪烁烁穿越时空

在时光浩淼的烟波中
我只能用敬畏拜谒
祖先的神奇智慧
华夏的千古文明

(2010-08-06)

五彩池

题记：从九寨沟至黄龙。游五彩池，惊艳！

是九天仙子五彩裙裾
用高贵的金黄
把深黛浅蓝碧绿
分割出一畦又一畦
天地合一的神奇
飘渺的灵气
梳妆成你惊世的美丽

守候着空山新雨
群峰雄起
鲜花摇曳
月朗星稀
灵秀的眼波
流转着幸福的私语

寂寞时
你会一路舞去
轻盈的神姿
踏出银铃的舞曲
一路歌声
铺出一路欢喜

走累了

你会回到原地
偎进大山怀里
听那永远讲不完的
悲凉的沧桑
造物主的神奇

睡去时
万顷林涛守护着你
小小的心愿
喃喃的梦呓
迷人的酒窝
还有甜甜的私密

都说你是玉帝
沧海遗珠
待嫁的小女
谁能有幸成为你的夫婿
那弯新月
已悄悄留在山顶
等着偷窥
新娘羞涩的美丽

(2010 - 08 - 04)

海　子

题记：在九寨沟有许多湖泊，当地人称为海子。

说你静若处子
说你纯美如玉
说你未染一丝红尘
说你是来自天堂的瑰丽

谁知你曾蒙受层层苦难
在大小冰河时期
被地壳挤压着
捱着最冰冷的日子
悄无声息地哭泣
咸涩的泪水积累了
不知多少个世纪
才幻化出如今
惊艳人寰的美丽

熔铸着峻岭的伟岸
倒映着群山的逶迤
融来海的湛蓝
滴着林的新绿
随春归开出五彩花朵
随冬至越发玲珑透剔

风来了　不张扬
平静系住涟漪
雨来了　不惊悸
沉一湖秀色的幽谧

想问问你的心事
你总是沉静不语
嶙峋的山石说
世纪的风云
岁月的四季
早已恒定在你的心底

初访的我
只有莫名惊诧
久久期艾无语
无论我怎样汗颜
也无法透过你
盈盈的泪花
抚慰你灾难深重的过去

(2010-08-03)

峨　眉

秀翠叠出芳魂
绿波溢出神韵
不知白云缠住了梦幻
还是梦幻缠住了白云
仙境的美丽
美丽得难解难分

谁能真踏进你的幽深
谁能真叩响你的山门
倚肩接踵的人流
谁能朝圣你
高贵灵秀得不染纤尘

只盼我有幸
在朝云暮雨
晓风朗月里
去触碰

你千古的晨昏

只盼我有幸
低眉询问
历代帝王的威仪
风流才子的热忱
会不会有你中意的爱人

告别时
我偷偷装起幸福的温存
装起溪流的清韵
装起闪着阳光的竹叶
装起染着露珠的白云
好在恍若今晚的梦里
与你谈古论今

(2010 - 07 - 28)

客舍的寂寞

雨丝划过
心头却在落雪
酷夏初临
是分别让季节交错
客舍青青
青青的客舍
修建在
从盛唐走来的寂寞

推开所有的窗户
邀雨滴进屋做客
却飘来片片柳叶
写着一首首阳关三叠

推开临园的柴门
邀姹紫嫣红的快乐

却涌进无数清冷
弥漫出苦涩

是谁
打扰着我的静默
是谁
让我如此脆弱
是谁
凋零了智慧的花朵
留我一个恐惧分别的世界
是谁
让我相遇在茫茫人海
牵手就再不舍离开片刻

(2010-07-24)

简的诗

我不是鹰

我不是鹰啊
请别给我长空
让我遨游

我不是鹰啊
请别给我裸岩
让我磨砺爪钩

我不想有血腥的搏杀
不会用攫取占有

只要几粒稻谷
几许清流
就会在屋檐下
用轻柔的燕语织出一帘锦绣
用无限的爱意
为月光把恬然的梦守候

我会和牵牛花一块早起

把快乐的消息送进邻家的窗口
我会和春风一同忙碌
剪裁你院落里的细柳
我会和灼热的太阳一道勤劳
让拔节的禾苗吐秀
我会把平凡的一生
交给关于美的诉求

都说严冬时我会远走
不能坚贞的厮守
可千里万里的我
仍会衔归春意
在世界最需要绿的时候
无所畏惧
生死不肯回头
在风雨的憔悴下变瘦
留世间遍野绿洲

(2010 - 07 - 24)

诗　　意

晓径上层层叠起诗句
约阳光一道早起
顶着轻灵的露珠
盼缭绕的雾快些散去
悠远古道的石阶
连缀出年轻的过去
和从古老走来的今日

昨夜的柳丝真好
把散落的故事
串成厚重的典籍
昨晚的远山真好
把盈盈的乡愁
伫立成温婉的青玉
昨晚的月光真好

把淡淡的思绪
用时间织得浓密
昨晚的梦境真好
竟然星星入怀
洒落出时光交错的美丽

亲爱的
在爱所能及的地方
不管多远　你也住在我心底
你是我清晨深夜
清晰朦胧
无怨无悔
时时都来打扰的诗意

(2010-07-24)

剜野菜

剜起一棵棵苦苣
也把昨晚的梦细细打理
把羞怯的心事装进筐里
露珠的轻盈
初阳的信息
就和淡淡的诗香相遇

苦苦的涩清去浮躁
留一个清爽的自己
因你包裹在月光的梦里
我才怕晨曦揭晓绮丽的谜底

清风问我为何无语
只是珍惜这无边无际的静谧

多想回到童话的美丽
听你再叫我小獾子
多想是填海的精卫
我为君着一身羽衣
多想牵你的手不再放弃
同你一起走过来世

把无限的希望装进筐里
装起无限心语
装进清甜苦涩新绿
装进一个心事的春季

（2010-07-22）

忘却的距离

若说相识是一粒种子
遗落在土里
忘却是一段距离
重逢就是一次奇迹

若说二十年风雨的寂寞
是一番孕育
忘却是一段距离
春天就是一个归期

若说漫长的企望
是一个序曲
忘却是一段距离
团聚就是高潮迭起

美丽的月光
就洒在今夜梦的船舷
远望渔火明灭
近听涛声细语

累了海燕眠去
羞了鱼潜水底

大海巨浪汹涌
水波柔柔细细
荡尽积年的疲惫
洗净干涸的泪迹
整个世界回到
洪荒的远古
审视伊甸园里
生命的真谛

今晚时间在这里
定格凝固
你和我用爱丈量
忘却的距离

（2010－07－21）

无悔无怨

飞蛾扑火
是要把生命燃烧成灿烂
流星陨落
是要摆脱冰冷的羁绊
走出童话的清纯
是要今生来世
无悔无怨

住寒窑一间
点油灯半盏
在风里种下爱恋
窗内就有幸福
萌发出温暖

伴一轮皎月
含新诗半篇
在清光中埋下想念
寂寞空山就被
无限相思填满

躲开喧嚣尘缘
删节谶语梦幻
平淡中生长出美满
我和你手牵着手
用快乐醉了一程又一程
绿了一山又绿一山

(2010-07-21)

三月雨

重逢
重逢在三月雨
三月雨 杏花雨
把一生的思念和祝福
飘落给你
浅白深红淡紫
五彩缤纷丝丝缕缕
多像来自天堂的太阳雨

打湿过飞扬着青春的裙裾
打湿着寸草萌生的记忆

一柄花伞擎不住
来自天南地北的消息

给远山涂一抹轻灵的黛色
给绿地添几笔笨拙的相思
一幅朦胧的烟雨图
你我就在
这深深浅浅的梦里

(2010 - 07 - 19)

想 念

梦中刚聚
想念就流成一条长河
枕畔初醒
牵挂就隆起高山一座
黑暗冷漠地雕刻相思
缕缕伤痕殷殷鲜血
早把呻吟留给了梦
却为何出现在
记忆的每一次定格

是谁冷静的撩起曙光
剪影着忍痛的寂寞
是谁把美丽的梦摇落
让每滴泪
都闪亮成一个故事
把无助的心捕捉

(2010 - 07 - 19)

静静的美丽

真想用熹微的晨光
写信给你
无处下笔
又无法投寄
真想把落寞放逐
在心里搁下欢喜
没有航海罗盘
没有坚强的双翼

也许匆忙间
不足月降生就为
到人世找你

月缺月圆
是用青春和苦难
划过的轨迹

只想把赤裸的心还你
只想把前世今生的泪还你
只想把阳光 水分
土壤 空气都还给你
只留下一份静静的
金色落叶般的美丽

(2010-07-19)

简的诗

陪 你

怕星光月痕侵袭
怕梧桐树下滴滴落雨
怕岁月指针再无秩序
怕时空交错时
不小心丢了你

只好躲在心的角落
躲在若明若暗的烛火里陪你
用灵魂和你悄悄对话
每夜有每夜的絮语
让永远在这里停滞
沉静把四周牢牢封闭

我长长的黑发
会变得灰白
青春的美丽已抵给
魔鬼的咒语

时光积满棉絮状的灰尘
生命已没有支撑的屋脊
我的灵魂依然守着你
从这个世纪一直到
那个世纪

是的 我已再没什么
可以给你
再没什么可以珍惜
就连渴望和期盼
也留给了你

只需你记住啊
记住你快乐地生活
就是我的唯一

(2010-07-19)

找　你

在一首流泪的诗里找你
不管今生还有多少分离
在一首泣血的诗里找你
不管懂不懂我来世的信息
在一首缠绵的诗里找你
不管前缘中有什么
欲诉未诉的心曲

在一首激越的诗里找你啊
不管宇宙裂变
还有没有阳光的金色
细细的雨滴
不管我什么时间
以什么形态出现
都会去找你
是你的唯一

唯一的知己

与你相约
重归原始
让一千年黑暗包裹
哪怕只有片刻美丽
与你相约
某个晨曦
让一万座高山阻隔
哪怕压缩生命四季

我必须找到你
才有快乐的自己

(2010-07-18)

爱的搁浅

远归不敢靠岸
长行又不舍走远
只把帆上旧日的浪迹水痕
一点一点翻检

一片浪花的归心似箭
一缕和风的梦绕魂牵
一弯新月偷出的柔柔清寒
一抹霓虹借来的痴痴期盼
一分日影对思念的雕刻
一只鸥鸟对暖巢的依恋

收藏起旅途的疲惫
洗干净风浪留下的苦难
历久弥新的爱
未曾徘徊
就已搁浅——
亲爱的
搁浅在你的心间

(2010-07-15)

落锁的花园

锁住凌乱的花朵
锁住美丽的四季
锁住命运的惶惑
锁住不堪回首的记忆

告别风雨
无忧无喜
把往昔作为一个过程整理
用青春赎回所有罪愆
赎回错位的今世
曾在生命灰色的路口
细辨着东西　东西

用带露的花蕾等过你
用遍地的残红等过你

而今只有真挚的绿
与你相依
摘去一片枯叶
剪掉一根侧枝
我拼命舞动自己
诉说内心的感激

你若不忍再离去
我们就枯萎一起
让花园弥漫出永恒的绿
把一叶宁静别进夕阳里
上天会星落如雨

(2010 – 07 – 15)

怕和你分别

一说要分别
瞬间冰冻了周身热血
炎炎夏日漫天飞雪
砭骨的寒裹紧躯壳

怕和你分别
怕清朗的夏夜
变作耿耿秋灯
冷冷霜河
怕剪烛西窗
映出身影的萧索

怕和你分别
怕无边的黑暗
裂心的寂寞
怕噩梦醒来时刻
你杳然不归
怕黄鹤楼里

空余华章的冷落

怕和你分别
怕钗环蒙尘
诗无秀色
怕青山一点一点老去
怕春水一滴一滴枯竭

怕和你分别
怕洪峰冲毁堤岸
泪雨超过警戒
怕一颗思恋的心
无处搁放啊
怕望断天涯路
不见你踪迹
再把铁鞋磨破

(2010－07－14)

涂 色

把分别的日子
都涂上蓝色
思念有了海洋的宽阔
你就成了苍茫大海上
远行的帆
卷起爱的云舒雨落
疲惫的海燕
在高耸的桅杆歇脚
你说爱已让
狂暴的巨浪停歇

把分别的日子
都涂上黑色
梦境有了夜空的奇特
你就成了深邃天宇上
永恒的星座
坦诚着千古不变的光洁

灵动的生命
在神奇的静谧里拔节
你说这无边无际的黑暗
也有无数美丽的颜色

亲爱的
我是飘零的枫叶
你是不是漫天的秋色
我是枯萎的蝴蝶
你是不是拥抱她的季节

这思念间
询问间
爱会伴着你对归程的
每一次预测

(2010－07－12)

一如月色

只要一句轻轻的问候
就有蒙蒙细雨
散去盛夏的灼热
只要一次深情的回眸
就有绿荫护佑
命运的荒漠
只要一次执子之手
就有破茧成蝶
去美丽地老天荒的时节

曾一千回
在心的梦里找你啊
却无法涉过湍急的楚河

曾一千回
在年轮的泪光中找你啊
却无法走出岁月的坎坷

今夜的我
已不是带罪字的女人
汩汩清流
你为我洗出清灵的圣洁
亲爱的
我一如十五的月色

(2010-07-12)

关于我 简

几滴晨露
含蓄着翠竹的娇娜
青草飘香的柴扉里
灿烂着阳光的花朵
卜算子的梅刚刚驱走冬雪
春风中赶趟儿的芳菲
又悄然停歇

就让心灵晾晒在
我生命的院落
华贵而质朴
美丽而简约

布衣荆钗

骄傲着灵魂的高贵与优越
野蔬青青
活跃着生活断层的寂寞
迎君而归时
别去的青春有了
深潭的清澈
执子之手时
静夜去听岁月的
花开花落

今晚你为我簪在发髻的
是那枚如柳的新月

(2010 – 07 – 11)

楚河　汉界

你是楚河
我是汉界
近在咫尺
却又遥遥相隔
时光的重重壁垒
挡住冰冷的刀枪剑戟
也阻隔着爱的热烈
而心灵的栈道
却一次次修筑渴望——
渴望再无荒漠
渴望泪雨滂沱
渴望冲破每一道堤岸
流经你生活的每一个
　细碎的角落

你是楚河
我是你遥远的汉界
城门如铁
锁住深深的关切
有多少次春花萌生
就有多少回落叶
　震颤的静默
有多少次月笼空山
就有多少回梦境
　破碎的失落
一切都为你远归
为你远归的一切

冲破汉界
涉过楚河
几千个日子
冰冻的岁月
这就是等你
等你的时时刻刻

(2010－07－07)

静静的 想你

静静的冬日
静静的晨曦
静静的轻雪
静静的空气
静静的想你

想你手里的那把锄头
怎样被岁月的岩石磨砺
荷锄而归却又有乡思长起
想你不离身的那件上衣
深灰被日子漂成浅灰
肘弯处补丁撂起

想你在讲台前的样子
磁石般吸摄着几十双
学子的目光
想你手中那本古汉语辞典
怎样被磨破了纸页
字词上浸透汗渍

想你优雅的板书
怎样在黑板上遒劲划过

留下文明的轨迹
想你怎样搅活一潭死水
放飞灵动的生命
创造高考的奇迹

想你怎样刚刚从黄河古道
匆匆赶来拓荒
未及弱冠单薄的躯体
怎样承担
最简单的生存欲望
怎样挑起
最沉重的晨晖暮雨

我曾经怎样渴望
如春雨
润你干涸的土地
如江河
涤你沉重的贫瘠
如绿洲
舒缓你经年累月的疲惫
如狂风
掩住你负重跋涉的足迹

简的诗

我曾是清澈澈的小溪
多少次流经你
却只能黯然退去
身后留下一路泪痕
一路叹息

而今　我终于涌进
你的港湾
静静的温柔的
缩写漫长时空留下的
空白的距离

(2010-07-06)

不　敢

不敢像汉乐府里
痴情的女子
去说
天地合乃敢与君绝
更不敢期盼
如梁祝生死一起
悠然化蝶
不敢痛在古事难全
难全古事的边缘
等待圆满的一刻

只是在每个
多云多雨的日子
把青春甚至生命
拧出一滴滴血
去写忘却
只是在每个
冷却的季节
用苦涩的眼泪调色
去涂抹柳的鹅黄

丁香的淡紫
秋叶的深红
还有铺天盖地
茫茫的白雪

只是在弥漫着
暗香袅袅的春夜
几番辗转后凄然入梦
乘青鸟腾云而去
银河岸向你泣呼
而你却只能
黯然泪落
只是在凛冽冽
浸透苦霜的寒秋
默望着那一片
耗尽生命的枯叶
寂然无依摇晃
却不敢
静静地为你凋落

（2010－07－04）

简的诗

无　　数

无数距离
无数山峰
无数的无数
构成如此冰冷的时空

无数相思
无数伤痛
无数的无数
堆砌泪雨蒙蒙的深冬

纵然
每一条叶脉干枯
世界不再有绿色
太阳不再会升空
我仍是混沌中
第一缕思念
在张扬的风帆里启程

纵然
每一个细胞都碎裂
宽厚的土地再难承载
再难包容

我仍是风雨里
原始的感动

纵然
一切都灰飞烟灭
我仍是万籁死寂中
倔强拔节的真情

而现在
在你的目光里
我愿意是一道
泪雨的彩虹
跨越所有的
相思和伤痛
在你的港湾
我愿意是一份
暴风雨吹打的宁静
坦然面对
命运的错位
岁月的凋零

（2010－07－02）

我是你来世的新娘

我一定是你来世的新娘
穿一袭红色绣衫
等在润过春雨的路旁

巧笑倩兮美目顾盼
彩云坠下七色吉祥
守着你昨夜许下的约定
揣着你前世的灼灼文章

延绵的姹紫嫣红
是我美丽的花冠
满目的相思林
是上天恩赐的嫁妆
不知你衣襟上
是否有我旧日的泪痕

不知你依稀间
是否记得我哀怨的模样

你若再错过
这张扬幸福的季节
我也会如约回到你身旁
我是紧挨着你的祝福树
在柔情伸展的夜里
开出如梦如幻的花朵
待明月临窗
弥漫你新房的
是我碎碎的心香

(2010 - 07 - 02)

为君生日而作

点起祝福的红烛
相拥于沧桑的归程
暗夜里你破晓而来
时光点染着欣喜而生动

冥冥中曾有一份
遥远的告别
用生命去追随那
宽厚的背影
刀丛剑林的炼狱里
十二年轮回后
我为你复生

你是参天的大树
我是感动你
抽出新枝的春风
你是奔腾的大海
我是你月下
安然的宁静
你是孤苦的行者
我是铺在你脚下
片片落红

你是深邃的天宇
我是你撒落的
点点繁星

那山那水
在今天的夜
见证我和你的生命

别再为命运
去修栈道
别再让冷月
凄迷长城
半个世纪的桎梏
终于剥开一层层雨
一层层风
让岁月诠释
疲惫的心灵
让灵魂在烛光中涅槃
让我们依偎在
自由的天空

(2010 - 06 - 30)

触　礁

没有了毁灭前
让人战栗的恐惧
没有了狂飚下
撕碎船舷的巨浪
甚至连罪恶的礁石
也退入海底
深深的海域
埋葬了我
埋葬了我
深深的忧伤

一块丝巾的洁白
一捧山花的芬芳
所有的祭品

都已压在浪底
只有你欲滴未滴的热泪
在岁月心头珍藏

可那被浪花
摔碎的灵魂
却为何要
夜夜浮起
让美人鱼连接成
断续的苍凉
在月盈月亏之间
被反复吟唱

(2010 - 06 - 30)

离别

别过江畔哀怨的冷月
别过街角迷离的路灯
失血的只是我的心吗
还有暗得没有一丝光亮的严冬

只为扑在你怀里痛哭一次
我站在每个除夕的临界点
痴痴守望
守望朔风怎样换成春风
看冰凌怎样蕴育柳绿花红
用二十年流浪的岁月
用二十年难以昭示的疼痛
去感知你
感知你坚实的足音
怦然的心动

在每一个星月低垂的静夜
在每一个柴扉初开的黎明
用无从投寄的信笺
折成淡蓝的梦境
记下你杳然的归期
月月年年的航程

当生命凝固
一切回归永恒
我是不远处默默无语的山峰
在永生永世的期待里
山石碎裂相思丛生
山脚下哽咽的小溪
汇入大海跳跃的浪花
打湿你衣襟的
是我泪水淙淙

(2010 - 06 - 26)

中秋临窗而望

在窗边望月
也在窗边望你
千幅冰绡
被谁偷剪成漫天思绪
月光盈手
依然盼不到君的归期

在飘香的桂树下
你是否也同样想我
感知银河畔的初遇
和珠圆玉润的故里

盈盈瑞气中
我是一粒粗糙的
血润璞玉
被乘舟而来的你
不经意间拾起
又在不经意间丢弃

只在一瞬的温热里
就有了灵性
有了一世的生死期许
有了千万年后
相互寻找的辛苦
有了人世间
熟悉而又陌生的轨迹

载一瓮陈酿的美酒
带两首新诗
在今夜
你说团圆在梦里
再没有哀怨的箫笛
我说牵一片云来
遮住久别的哀怨
相思的泪雨

(2010-06-24)

你约我去流浪

你约我一块流浪
不再有荒凉的大漠
不再有土井水的苦涩
甚至连北极也有了
冰雪初融的日子
迎春花温暖着千古寂寞
只因和你一起流浪
我拥有整个世界的快乐

也许会穿荆编的草鞋
把每寸路染上血色
心里仍充盈着带泪的感动
在云端里高歌
我情愿是那只
为你泣血而死的云雀

把我的诗折成小船
漂泊在每条小河

让她美丽着荒芜的角落
把你的风采扎成七色风筝
放逐在黯然的天空
让她留下欣喜的暖色

在草庐旁
点一缕炊烟
给北风掠过的原野
在海边
唱一支慰藉的歌曲
给被海潮冷落的贝壳

岁月老去后
你我就是天边紧挨的星
相约升起时
闪着淡蓝的光泽

(2010-06-23)

月牙儿

没有螺旋
也没有桨
怎能抵住银河的浪
就是变成漂泊的碎片
也要奋力驶向太阳

忘了计算归期

忘了几时起航
不知风儿何时
将白帆鼓起
你载满太阳的金光

(2010 – 06 – 21)

圆　坟

让我像亲人
为你圆坟
尽管人前
只能忍泣吞声
我知道你讨厌
世上繁杂的称颂
而留恋一个人
孤独的安宁

左绕七圈
右绕七圈
好像走完了
生命的一个旅程

真不相信
一抔黄土
能掩住你
不绝的诗情

死去的
都已相知了
而活着的
却彼此陌生

(2010 – 06 – 20)

简的诗

血玫瑰

题记：那一夜，在你床头的小桌上，曾有一束血玫瑰。

硕大的血色玫瑰
带着如此温柔的月色
和一生的梦
被插入你床头的花瓶
明知道啊明知道
在被剪断的痛苦后
只绽放出美丽的一瞬
却情愿在一瞬后
变成片片悄然的落红

你是否能读懂我
今夜的美丽
读懂十年寂寥的秋
怎样深锁
十年柔柔的春风

在遥远的玫瑰园
我曾是蓝光的精灵
月色多少次铺出莹莹小径
我却无从去慰藉

你孤独的心灵
驿外断桥畔碾作尘泥
是我岁岁抽出的新绿
年年延绵的痴情

听到你轻轻的呼唤
我不知为何能在
百劫后重生
把前世积蓄的所有企盼
怒放成今日
血色的美丽
高贵的雍容

明知道啊明知道
过了今日将不再见
你的一夜就是
就是我风雨一生

(2010 - 06 - 19)

读王建《望夫石》有感

原诗
望夫处　江悠悠
化为石　不回头
山头日日风复雨
行人归来石应语

题记：山头不息的风雨冷却了渴望的心，感动千古美丽的竟是哀怨的人性迷失。真只有变成冰冷的石头，才被虔诚地膜拜赞礼。

只有你知道
少妇妩媚的风韵
揉进过怎样
碎心的痛楚

你用沉默
把青春与生命的活力
连同岁月
沉入江底

当一滴热泪
滚落在胸前
一朵娇俏的山花

插在苍苍的鬓边
你就该开口说话吗
夕阳剪影着
万籁俱寂
时光在悲伤的雕刻下
怆然老去

谁真能懂你
江流千载冲不去
你洪荒的孤寂

(2010－06－18)

梦与君同

拨开层层雾障
撩开层层山峦
今夜
今夜梦随君去
今夜月满千山

别时的针线犹在
缝进千种哀怨柔肠百转
连着每一个心焚如灰的日子
期许微笑的团圆

染过九秋霜色
别后的书辞泪痕依然
迢迢山水扯不断牵挂
缠住振翅南行的鸿雁

点上别后的每一支红烛
照亮梦与梦相见的黯然
捧一杯浓浓的热茶
为你温暖别后的空间

别让我匆匆离去啊
窗边的烛花未剪
别让我匆匆离去啊
让我把那束山菊植在破晓前
枝头抱霜而死的相思
这相思亦如从前
岁岁月月
日日年年

(2010－06－17)

春　饼

春饼 一个圆圆的梦
卷进绿绿的蔬菜
黄黄的鸡蛋
对了 还有嫩嫩的香葱

卷进你对生活所有的憧憬
把想念的泪斟进酒里
醉了整整一个严冬

少了西湖的山情水韵

少了南疆的柳绿花红
可春 仍由我心中走到你心中
经历了一个并不遥远
却十分漫长的过程

你说 在春的第一天做个好梦
今晚 月也玲珑
风也玲珑

(2010-06-16)

想　你

想你 一直在想你
想那个漫长而多情的故事
想那几十年前的故里

想你 一直在想你
想相思树一串串饱满的果实
想第一次在衰草连天的江岸
说我爱你

想你 一直在想你
想少女朦胧的梦想
飘飞的长发
轻盈的裙裾
想那次也许不该有的相遇

不该绽放的美丽

可我 无法回到从前
无法让年轻的你
用荆钗簪起我的秀发
用细草编成戒指

而今 我只能在
渐渐清晰的梦里
轻轻呢喃 今夜
风吹得真柔
月挂得真低

(2010 - 06 - 15)

有雨的云

让山更绿一分
让水更清一分
这里有我思念的灵魂

让山更雄伟一分
让水更柔顺一分
这里有我等待的晨昏

收集岁月的花瓣
只为你远归的一瞬

迎接每一场落雪
只为静静辨析你的足音

三十年里我不曾死去
不曾沉沦
在你干涸的梦里
今晚 我是朵有雨的云

(2010 - 06 - 13)

简的诗

写在端午

题记：读郭沫若之话剧本《屈原》。

在五月
你把生命交给了汨罗江
交给了汨罗江滔滔不竭的波浪
是谁 在告诉我
流泪的不只是你力挽的国殇

把我酿的酒
你写的诗撒落江畔
满江落英缤纷
天上星宿闪亮

在冷寞的苍穹
有了闪烁的星辰柔美的月亮
那是先生不朽的诗行
和一位叫婵娟
美丽而多情的姑娘

只为生生死死的追随啊

把痴情的月光
投进呜咽的汨罗江
于是
和先生的对话 延续千年
和先生的生死之约 亘古悠长

把结着晨露的花环
把萋萋艾草的芬芳
连同我的心绪放逐在汨罗江
那凄美的故事里不曾有我
却为何要沿旧途重访

痴情的梦里先生从未远离
手未释卷早已泪润国殇
别了千载的先生已在江岸等我
倾听我诉说前世今生的忧伤

(2010 - 06 - 12)

北山感怀

题记：揣着思念和眼泪，从银龙踏步登至北山峰顶。

洒着层层松针
长着萋萋幽草
我叩问每一级石阶
哪里是通往你
心灵的小道
十年风雨年轮
依然镌刻着你
坦诚的微笑

堆积的落叶说
你一如天使般纯善
我开始留意每一只
受伤的小鸟

缓缓的溪水说
你的胸膛仍似
高山般可靠
我抚摸着每一块山石

却难破解十年
冷寂的歌谣

为什么不让我紧贴你
孤寂的灵魂啊
树丛里挂满
我今生的相思
和来世的祈祷

蓦然间感悟已和你
融为一体
我已是高山上
一颗沙砾
石阶旁一朵山花
树荫下一株
惹人相思的小草

(2010 - 06 - 11)

星期天

想念 想念 还是想念
在白雪铺就的童话里
幻想你突然出现
一根电话线
拽住冬日里的缠绵
你在这端
我在那端

无言 无言 还是无言
用花伞撑开泪雨
却沉重着遥遥的依恋
一颗同感的心
已被生命浓缩得生死相牵

你是这半
我是那半

简单 简单 还是简单
几株蔬菜绿了一个落雪的傍晚
你说声吃饭
香气飘来
飘来岁寒里的春天
一张饭桌
你坐这边
我坐那边

(2010-06-10)

木芙蓉

题记:芙蓉两种:一为荷花;一为灌木或小乔木,称木芙蓉,开于深山。

俯首谢绝阳光的邀请
敛眉不去为春风吐红
只是眷恋那个
带着暖意的初冬
让秋雨的无情
洗涤温热的脉茎
把一万重的寂寞
深锁于一万重的山中

只想为你装点最美丽的梦境
积蓄着整个生命的芬芳
和岩浆澎湃的热能
把晨风 朝露 春月 秋云
都蕴育成不死的真情

在山石里挣扎啊
在缝隙里求生
也不去被世人浏览
做出水芙蓉
一滴又一滴的热泪和鲜血
一天又一天的等待和企盼
让岁月枯了又荣

错过了花开花落的时节
错过了撩人的月朗风清
只为你跋涉而来
目睹我今生的灿烂
九死一生的从容

(2010-06-06)

简的诗

流 浪

题记：你在电话里笑言，你若赶不来，就让我去流浪。

怯怯地
一切都在迟疑间
不敢面对陌生的人流
和没有你的车站
原知道啊
流浪就是让痛苦叠加在失血的心
再来一次由起点到终点的复原

装起雾霭 尘烟
装起青春 流年
临行时仍要把沧桑升上桅杆
告诉你
船已阔别海 风已离开帆
生与死如何相知
死对生怎样依恋

任尖厉的风锁住眉头
冷藏起梦的空间
却不敢把孤独的火种点起
不敢回眸开满玫瑰花的故园
甚至不敢轻唤你的名字
怕岁月的眼泪
漂白绚丽多情的诗篇

蓦然间 你在前边接我回家
暖暖的炉火燃尽所有的苦难
你细细讲述生命与灵魂的淬火
讲述窗外寒星冷寂
似曾相识的夜晚

(2010 - 06 - 05)

感君西湖远眺

此时的西湖
如此静谧
连天的绿荷
也屏住呼吸
画中的你感知着
画外的我
理还乱的相思
洒落一片泪滴

半帆入云霭
半帆载烟雨
数千里外的断桥
牵动我的思绪
我就在你目光中
点点帆影里

(2010-06-05)

简的诗

大爱无言

题记：听哥哥讲那过去的事情。那是充满饥饿和艰辛的岁月。

一碗菜粥
盛满亲娘心酸的惦念
凉了几次又热了几次
反复煮熟了你整个童年
洒在地上
娘的哀怨留在推让间
你用心连同泥水一块装起
从此读懂了大爱无言

大爱无言 大爱无言
你辛勤劳作
精心侍弄心里的那个春天
汗水流动着太阳星辰
把艰难困苦留在
矮檐的苦涩之间

大爱无言 大爱无言
你如牛负重
驾着家庭的车辕
用奔涌的热血
煮出锅碗瓢盆的咸酸

孩子吮吸着你血管里
流淌的智慧 生命的本源

大爱无言 大爱无言
来不及顾盼周围的风景
却给一束低垂的山花
掬来清冽的甘泉
压抑着生命底层的悸动
在山脚边悄悄写下爱怜

大爱无言 大爱无言
你背负着责任
走一路崎岖走一段平坦
岁月的辙痕
辗轧过几十重岁月的冰川
露重霜浓封闭了高贵的情感

大爱无言 大爱无言

（2010－06－04）

无 题

我是那静静的港湾

风起时你会蓦然回首

昨夜柔柔的细浪

会不会留住你英勇的漂流

你属于波澜壮阔啊

属于怒涛的断流

雷霆万钧的力

不曾让你皱过一次眉头

黎明时

让我送你走

风帆上飘动的黄丝巾

织着我丝丝缕缕的温柔

别再环顾左右啊

别再说新月如钩

那如洗的满月

不正在风的尽头

让我跟你走

让我随你走

不死的灵魂随你

一直到海天尽头

急流险滩上

我是坚实的舵把

紧贴你激跃的胸口

风雨如磐黑夜

我是热烈烈的火苗

燃烧着温暖的问候

寂寞的黎明前

我要把一生的信念给你

让勇敢高昂在白帆

快乐伴着季风的歌喉

我会承担所有的流言

所有的世俗偏见

简的诗

哪怕摔成齑粉
在你最需要的时候

假如我飞溅成大海的泡沫
不再回头
也别去难过
别去用苦涩的泪浸泡我的操守

去把今生的眷恋刻在礁岩上
让思念伫立成巨浪中沉默的石头
穿过层层风雨的阻隔
我们的心依然在这里相守

(2010 - 06 - 03)

送 别

题记：读王勃《江亭夜月送别》诗，想起午夜送别爱人的情景。诗云："乱烟笼碧砌，飞月向南端。寂寞离亭掩，江山此夜寒。"是啊，行人已远，山水随之凄清寒冷。怅然之情跃然。

能牵住从盛唐
依依而来的月吗
留住离别的时间
今夜的我竟和你
如此相似
冷露滋衣
江山夜寒
不知我是离亭里的你
还是被你送别的女子
诗中一别就是千年

曾是怎样的企盼
把鹅黄 妊紫 深红 浅白
扎成温婉的花环
隔在四季的风雨间
曾是怎样的等待
杜鹃啼血
泣出首首新诗
断肠的文章不忍再翻

曾是怎样的梦幻
红袖添香温润书卷
文君司马柔情缱绻
激扬文采大笔如椽

曾是怎样的欣喜啊
仍是绿贴莲蓬的旧衣
巧笑倩兮
装点着一生的粲然

不知今夜的你我
是送别还是期待
同一个团圆
那远行的女子
该溯江而来
载满船灯火
还有清香的藕莲

(2010－06－03)

简的诗

我是你的羽娘

题记：在列车上读歌剧本《羽娘》：边关大战，宫女奉命为将士做衣裳。羽娘在一方绢帕上写上对边关将士的爱慕，缝在自己做好的衣裳里。并承诺谁穿到她做的衣裳就嫁给谁。几经波折，羽娘终于来到将军身边。她为将士们唱歌洗衣，给铁血战场带来了柔情和快乐。将军死在战场，羽娘化作望雪鸟。

我是你的羽娘
在风沙初歇的早上
我是你待嫁的新娘
是八月的飞雪送我而来
太阳给我一双五彩斑斓的翅膀

我是你期待的羽娘
用羸弱的身躯
暖热关山千重冷月
暖热铁血万里疆场
唤出春花春草遍野
唤出冰封下小河流淌
洗你双足 涤你簪缨
依傍着将军的神勇
刀枪剑戟的寒光

我是你温情的羽娘
你倒在落雪的山岗
冰冷的箭簇
同时也射入我灼热的胸膛

我是冲天而起的望雪鸟
喑哑的歌喉
唱得月归日落
用生命和青春
去倒转你岁月的时光

我是你泣血的羽娘
当一切冷寂
你流血的沙场
已成为回忆的长廊
我是横亘在你墓碑上的青藤
快乐地斜倚夕阳
这生死的依恋
漫过岁月的悠长
漫过千古的哀伤

我永远是 永远是
你的羽娘

（2010-06-02）

悄悄的,请不要说

在今夜
就让我的血
在这里开出鲜艳的花朵
既然船已搁浅
就用眸子里的微笑告别
不管痛苦怎样轧过
也悄悄的
请不要说

当巨浪和狂涛
还有一段距离
我们可以试着相约
别让生活的帆
在泪雨里漂泊
再沾上咸涩
不管悲哀怎样袭击
也悄悄的
请不要说

虽未破晓
阳光无法吟出
幸福的快乐

我仍是你枝头
怒放的圣洁
穿越北极圈
漫长的封锁
只为感动一生的一刻
不管有多少含泪的季节
也悄悄的
请不要说

既然早已承诺
要找遍来生每个角落
去经受血汗和时间的打磨
请在三生石上
叩响我的心音
别去为迷离的梦境停歇
不管世人怎样窥探
你深藏的秘密
也悄悄的
请不要说

(2010-06-02)

据　说

据说
生我的当夜
也有一轮皎洁的满月
紫丁香苦苦浸染着
小小的院落

于是 命运中
注定了凄美的缺失
千里万里的你
是否感到这满盈的月色中
有一种宿命
无法控制
无法摆脱

无法控制
无法摆脱
你开始颠沛流离
长途跋涉
从遥远的故乡赶来
却又从我身边走过
身心疲惫的你
来不及留意我

美丽的青春
和等待的焦灼
用浅浅的素描
改写了我的一生
却不肯在孤舟旁
结下一根纤索

我焚烧了所有的诗稿
封闭了所有的岁月
陪伴我孤独梦境的
只有岁岁如许的红叶
和十年带泪的沉默
当你用心感知到我
归雁驮走夕阳
已是茫茫暮秋的萧瑟

不要错过
不要再错
请留意我来生
每一条检索
一竿翠竹
一束花朵

和绕过你窗前
波澜起伏的小河

当然
还会有夜色如水时

那轮皎洁晶莹
如诗如画的满月

(2010 - 06 - 01)

道　别

刚泊进你宁静的港湾
又要匆忙启程
月明星稀的夜
是谁让潮起潮平
泪水打湿了你
打湿了你滚烫的叮咛
波光跃动的大海
盛满我幽幽的别情

在曙色之前
让我们道别吧
别忘了雨
别忘了风
别忘了明晨
计算我孤舟的里程

一分细雨
泡胀了十分相思的心绪

浸满落红的夜里
谁还记得剪烛西窗的絮语
泪水润湿时空
润湿梦境里每一个故事
你是否还会吟唱那首
叫作长恨的歌曲

为了那首长恨歌
我撕碎过自己
让美丽的青春
飘成带血的飞絮
把千折百回的无奈
缩写成一生最短的诗句
埋葬着诗心的荒冢
却又朝着你归去的故里

(2010 - 05 - 30)

相聚三月里

从三月的午后走出
你逆光而立
熟悉却又模糊
令人眩目的光晕
载不起十几载命运之旅
苍苍的岁月
苍苍的心啊
今天该属于自己

拾起过每一块时间的残片
无论我怎样拼装
怎样努力
仍连不成美丽的记忆
审视过每一个浅浅的细节
无论我怎样增补
怎样仔细
仍写不出动人的故事

在月光凌乱的夜里
把失血的心绪
压成薄薄透明的诗集
不管如何触痛

也不敢把天涯那端的你想起
只在封底写上最短的诗句
人各东西

我该用怎样的虔诚
感激上帝
日月星辰重新排序
未可知的缘起缘落
冥冥中谁引你重回
青春的故里

没有多情的虹桥
也没有翩然的舞衣
更觅不到青春的美丽
只在心里积一片泪雨
存一点灵犀
相聚三月里
春风细细
绿萍依依

(2010-05-29)

原　　本

原本是你的
一根肋骨
上帝却把我幻化成
今天的面容
一刀刻下了
一刀的痛苦
一片有一片
迸飞的离情
你压抑在
心底的呻吟
就流淌在
我殷殷的血液中

当我含泪
脱离你的时候
尘世喧嚣
人海茫茫
世间早已是
几世几生
只依稀记得
你的呼喊
记得你因剧痛

皱起的眉峰

于是
我开始寻找你
寻找你啊
寻找我本源的生命

于是
我开始寻找你
寻找你啊
寻找伊甸园里
许下的初衷

山路漫漫
我用泪水洗绿了
洗绿了每一棵相思树
山坡上留下我
青春的葱茏

山路漫漫
我用鲜血染红了
染红每一朵杜鹃花

简的诗

姹紫嫣红间有我
嫣然的笑容

每一处
每一处你留下的路标
都是我百劫后的生命
不死的真情
每一个月圆的夜里
我都恳请上帝
将我还原成一根肋骨
感受你的心跳
触摸你深藏的疼痛
虽然
一次又一次
锥心刺骨的战栗

一次又一次
毁灭后的重生

在路尽头
我找到你
你微笑着把我
溶进你的生命
从此
一个凄美完整的故事
开始演绎
你拥着我
步入云淡风轻

(2010-05-16)

鹿

你说
前世的我一定是只梅花鹿
修长的双腿如风
牵出快乐的七彩音符

你说
前世的我一定是只梅花鹿
要不然
清纯的眼睛里
为何总有哀哀的泪光泛出

是的
我就是那只梅花鹿
戴着芬芳的桂冠
曾是王国里最骄傲的公主
驾霓虹披星光
接受着远古森林的祝福

只因衔了你手中的灵芝草
便不肯离去
含着你的衣襟默默注目

为你守候着
每一个钟灵毓秀的季节
守候着每一个美丽的日出日暮
把无法表述的哀怨
抖落成草尖上重重叠叠的泪珠

只是不肯屈从猎人的那支冷箭
生死关头决不回头
纵身悬崖
情愿粉身碎骨

从轮回里走来
与你相逢在山峰回转处
你真的感受到了
那郁郁青草萌发的味道
你真的感受到了
那份从洪荒走来
一直不曾消失的亘古情愫

（2010-05-15）

等 你

在诗里 我等你
让犁尖划过荒芜与冷寂
在岁月炊烟飘过的夜晚
苦守着每一行血润的诗句

点一盏心灯
剪影出青春的慌乱和迷离
为了匆忙而去的月夜
用眼泪 用困惑
用撕心裂肺的痛楚
甚至用一生啊
润色每一个无悔的文字
把苦涩的花瓣嵌进诗中
留在梦里
苦苦的浓香啊
弥漫在整个生命
浸润在脚下的
每一片土地

多少年波涛起伏的思念
融进地狱
也融入飘然的细雨
诗里 梦里
满是你的痕迹
你的气息

在诗里 我等你
镌刻着沧桑
留下永不忘却的记忆
下一世
你该循着诗径而来
破解诗香中
渐渐远去的秘密

(2010-05-14)

神　　女

多少文人墨客写你
写尽巫山云雨
你真的应千年之邀而来
洗尽铅华
着一身碧羽
一生只有一次啊
在梦中伴着爱侣

谁知你餐风露宿
见证生命起源爱的缘起真谛
谁知你行单影只
任春来冬去
守望着千载世俗遗忘的过去

把山花簪在鬓角
让罗裙叠上新绿
在江水染上相思的每个月夜
你总是默然静立
是心如止水

还是忘却前世的期许
竟无人能在风雨迢遥的岁月
与你换下湿衣

谁会用七彩云霞的披肩
温暖你玉润的双臂
谁会在黎明时
用长江的琴弦
为你重谱
心与心相印的序曲
你悄然泪下
烟雨如织

在你飘然的神姿下
今天的我
怯怯许下一个同心
许下一个有关爱的谜语

（2010 - 05 - 12）

点亮心愿灯

为你点亮健康
愿岁月永远年轻
为你点亮柔情
让四季充满感动

亲爱的 我还要为你
点亮无数无数星星
让我在静静的暗夜
偎依在你怀里
在月色下静听涛声

点亮荒凉的炊烟
点亮寂寞的夜空
亲爱的 我还要为你

点亮无数无数的日子
在炉火初红时
品味你的体温
细数你的心跳声

点亮幸福的团聚
点亮离别的旅程
点亮你必经的
每一处路径
亲爱的 你看见了吧
昨晚 我为你点亮
一盏心愿灯

(2010-05-10)

春　月

春风乍起的时刻
我翘首等待那轮
渐渐圆起的月
她澄净透明
抖落一冬霜雪
牵一串春歌

真的不需要什么
繁花似锦
楼台亭阁
更不需要什么

宝马香车
爆竹起落
因为所有的喧闹
都将回归原始的寂寞
只盼我一如少女时
捧着真纯与憧憬
掬起那份清澈
在手心一滴一滴洒落

(2010-05-07)

简的诗

雨　后

——写在雨后的松花江畔

堤上 一小洼积雨
是我含泪的眼睛
堤下 一江浑厚的秋水
是你深沉的思情
借淡淡江雾连接
心与心在此交融

消失了 我随太阳蒸腾

消失了 你把漩涡
也压在深水层
人生中只有遥遥的相望吗
明年的春雨
是我经过地狱
溶入大江的精灵

（2010－05－06）